Trennung von B.

Harald Birgfeld

Harald Birgfeld, geb. in Rostock, lebt seit 2001 in 79423 Heitersheim. Von Hause aus Dipl.-Ingenieur, befasst er sich seit 1980 mit Lyrik. In mindestens 27 Anthologien ist er vertreten. Alle derzeitigen Veröffentlichungen im Anhang.
Harald Birgfeld schrieb seine Geschichte der
Trennung von B. *überwiegend während der Fahrten in der Hamburger S-Bahn zur und von der Arbeit.*
Der Autor sieht sich einem für ihn neuen Phänomen, Trennung, in seinem ganz normalen Familienleben gegenübergestellt.

Aus dem Gutachten, 1986, der an der Universität Freiburg tätigen Germanistin, Gabriele Blod:
"Es lohnt sich, einmal einen heutigen Dichter kennen zu lernen, der mit der deutschen Sprache einen faszinierend fremden Weg betritt und trotzdem dem Leser Freiraum lässt für eigene Gedankengänge, ohne dass die Probleme in erhobener Zeigefingermanier zu zeitkritischen Trampelpfaden werden."

Birgfeld schrieb überwiegend Gedichte, inzwischen mehr als 12.000 Strophen.

Buchumschlag: Harald Birgfeld
Herausgeber, Autor, Redakteur: Harald Birgfeld.
e-mail: Harald.Birgfeld@t-online.de
Im Internet unter : www.Harald-Birgfeld.de

Herstellung und Verlag:
BoD – Books on Demand, Norderstedt.
ISBN: 9783744838283

Inhaltsverzeichnis: .... Seite

Deine Stummheit
Zwang mich zu lieben.
Deine Stummheit
Zwingt mich zu schreiben.
Deine Stummheit
Erreicht mich
Jeden Tag.

1

Ihrem Bruder und seiner Frau schrieb ich nach Afrika einen Brief. Ich wollte mich ihnen mitteilen. Ich selbst brachte den beiden zwar nicht übertrieben viel Vertrauen entgegen, wusste aber, dass B., Bruder und Schwägerin voll vertraute. Der Brief wurde ziemlich lang. Das lag daran, dass meine Schwägerin dort im Ausland mit sehnsuchtsvollen Augen auf Nachrichten aus der Heimat hoffte und extra, um ganz sicher zu gehen, täglich ihren ‚boy' zum post-office schickte. Es könnte ja sein... Nun, mein längerer Brief sollte sie freudig überraschen und vielleicht sogar ein wenig für mich einnehmen.

Ich schrieb in der Hauptsache, wie es zwischen mir und B. stand und wie ich in meiner Hin- und Hergerissenheit alles versuchte, die Wirklichkeit zu sehen und gleichzeitig alles Schlimme daran zu übersehen oder doch zum mindesten dessen Wahrnehmung zu verhindern. Es war eine Art va-Banque-Spiel. Ich setzte mit dem Brief alles auf eine Karte, mit der Gefahr, B. entweder ganz zu verlieren oder der Aussicht sie mit einer breitflächig angelegten Sympathiewelle und vermittelnden Worten der beiden aus dem Ausland für mich zurückzugewinnen.

Vieles von dem, was ich schrieb, betraf meine Familie, die Kinder und die Bekannten. Ich berichtete so gut ich konnte und so gut ich es wusste: „...B. geht es nach dem Besuch bei euch anscheinend doch nicht so gut obwohl sie sehr gerne zu euch gereist ist und sich wohl hauptsächlich durch das Beisammensein auch entspannt hat. Ich habe sie nämlich, nach ihrer Rückkehr und das erste Mal nach unserer Trennung, auf ein Glas Wein einladen können. Sie sagte mir Tage danach am Telefon, dass ihr Kreislauf usw. durch die Begegnung mit mir sehr belastet worden sei. Ihr Herz hätte wie verrückt geschlagen. Das machte mich traurig und ich habe zu ihr gesagt: ‚B. das war Herzklopfen'.

Sie: ‚Du meinst, dass ich Herzklopfen wegen der Begegnung mit dir hatte? Das glaub ich bestimmt nicht'.

Ich habe ihr gesagt, dass ich seit meinem sechzehnten Lebensjahr, seit sie mir das erste Mal über den Weg gelaufen war, dieses Herzklopfen kannte. Das war siebenunddreißig Jahre her und seit dem mein ständiger Begleiter, wenn ich nur an sie dachte oder sie sah. Für mich war das ganz normal. Siebenunddreißig Jahre lang. Im Brief fuhr ich fort:

„...Ich denke, dass es zurzeit das Wichtigste ist, ihr zu einer besseren Gesundheit zu verhelfen. Ich werde ein Gespräch mit ihrem Arzt führen und mich beraten lassen. Vielleicht kann ich dazu beitragen, dass sie sich wohler fühlt und sich unser Verhältnis sogar wieder bessert.

...Ich möchte alles tun, um sie gesund und fröhlich zu sehen, mit dem Ziel, ihre Liebe zurückzugewinnen. Ich möchte das nicht so einfach ausschließen. Wenn ich nur von der Situation ausgehe, dass dies für uns beide schlechte Zeiten sind, so habe ich doch irgendwann einmal versprochen, auch in solchen Zeiten zu ihr oder zu uns zu halten. B. tut sehr viel für die Schule. Das lenkt sie ab. Das ist gut für sie. Sie hat aber schon in den letzten Jahren viel zu viel an sich gearbeitet und enorme Schritte gewagt. Sicher wird sie dabei auf die vorprogrammierten Schwierigkeiten gestoßen sein: mangelnde Anerkennung durch die Kollegen, eigene Unsicherheit, und immer wieder an die eigenen Grenzen stoßen.

B. ist mutig und ich anerkenne alles, was sie macht. Ich bewundere auch ihre anmutige, freundliche Art und ihr liebes, weibliches Lächeln. Damit verzaubert sie viele. Dinge packt sie neuerdings aus eigenem Willen an. Natürlich hat sie unsere Trennung auch nur mit diesem Mut bewerkstelligen und bis jetzt durchstehen können. Das heißt nicht, dass sie alles richtig gemacht hat, aber sie handelt jetzt wenigstens, wenn sie überzeugt ist.

In den letzten Monaten, bis vor etwa vierzehn Tagen, habe ich, um mich von den vielen Tränen und Verzweiflungsanwandlungen abzulenken, an einem Buch gearbeitet. Das ist derzeit auf Reisen zu vier Verlagen. Es wäre nicht nur Glück, sondern auch Zufall, wenn es angenommen würde. Ich weiß, dass nur ein einziges von 100 eingesandten Manuskripten angenommen, gedruckt und veröffentlicht wird. Es schildert, unter dem scheinbaren Anlass von echten Tätowierungen an einem jungen Mädchen, die seelischen Tätowierungen, die es eigentlich erfährt und hat. Es ist viel von B. dabei und auch Selbsterfahrenes.

Ich habe durch das getrennte Wohnen lästige Alltagsprobleme, zum Beispiel, weil ich nicht selbst koche und in der Woche nur mit Kantinenessen versorgt werde.

Zu B. habe ich kürzlich am Telefon gesagt: ‚Ich muss hier meinen eigenen Fraß essen und du kochst für andere, die dir überhaupt nicht nahe stehen'. Das war auch ironisch gemeint, weil ich dabei an den

‚Hungerkünstler', H, und unseren ehemals gemeinsamen Freund, E, samt Tochter dachte. Die profitierten kräftig von B.'s Kochkünsten. Das war aber Wasser auf ihre Mühle: ‚Das sagst du? Wo du so oft über mein Essen gemeckert hast...' usw. usw. Sie reagierte unerwartet heftig und ungewohnt grob.

Naja, sie hatte sicher recht, aber ich jetzt auch.

Wir hatten gestern 20 Grad bei uns und heute sind mindestens noch einmal 18 Grad. Das ist für diese Jahreszeit sommerlich warm. Morgen soll es wieder kühler werden. Wenn's nach dem Wetter geht, müssten sich alle pudelwohl fühlen. Für euch wäre das wohl schon wieder Rückbesinnung auf den Winter, oder?

H., du schreibst in deinem Brief, dass B. und ich ja noch jung genug wären, um unserem Leben eine andere Richtung zu geben.

Das ist für mich kaum denkbar. Ich glaube nicht, dass ich einfach, wenn Probleme und Schwierigkeiten in der Ehe auftreten, das Recht habe, einen anderen Weg einzuschlagen. Ich denke, dass ich das auf gar keinen Fall machen soll. Unsere Probleme beginnen sich für mich zu konkretisieren und letzten Endes könnte sich herausstellen, dass eine Schuld nicht richtig greifbar ist. Bei uns sieht das doch so aus:

B. geht es gesundheitlich und seelisch nicht gut. Sie ist offenbar richtig krank. In dieser Situation will ich sie auf keinen Fall sich selbst überlassen. Das andere ist, dass ich leidenschaftlich an ihr hänge. Ich war bis jetzt überzeugt, dass sie auch selbst von mir zurückerobert werden wollte. Das war aber gerade mein Besitzanspruch an sie, der sie ganz offenbar so krank gemacht hatte. Daraus ist auch meine dauernde Eifersucht entstanden. Hierüber bin ich mir, seit ich eine Therapie begonnen hatte, sehr schnell klar geworden. Darin sehe ich eine Möglichkeit, mein Verhalten zu verändern und uns letzten Endes die Aussicht für einen gemeinsamen Neuanfang zu schaffen. Ich habe diese Hoffnung, obwohl ich weiß, dass sich das noch alles in meinem Kopf abspielt und der Krake in meinem Bauch ein Umsetzen in die Tat mit allen körpereigenen Mitteln verhindert. Trotzdem spüre ich, wie sich dieses Geschwür, Eifersucht und Besitzanspruch, mit jedem klaren Gedanken sogar aus den Fingerspitzen und Zehen zu einem kleinen Häuflein zurück- und zusammenzieht. Eines Tages werde ich vielleicht damit umgehen können.

B. kann ich davon überhaupt nicht überzeugen. Das Gespräch mit ihrem Arzt soll nun helfen, möglichst das Richtige zu tun.

Vielleicht versteht ihr ein wenig, was ich meine, und dass mir die Lösung, ‚neue Wege', nicht gut genug zu sein scheint. Erst, wenn ich alles ausgeschöpft habe und mir später keinerlei Vorwürfe machen muss, will ich daran denken. Wie gesagt, heute bin ich noch voller Zuversicht. Übrigens würde ich wirklich gerne eure Einladung nach Frankreich annehmen und noch einmal Urlaub auf dem Hof machen, aber natürlich nur mit B., und ob das jemals etwas wird, hängt von so vielem ab. Ich hoffe immer noch auf einen Mittler, dem B. traut und glaubt.

Seid gegrüßt", usw. usw.

Wie viele Briefe habe ich in der Zeit versandt, so oder ähnlich. Niemand traute sich in eine zerbrechende Ehe, die über mehr als drei Jahrzehnte geführt worden war, der drei erwachsene Kinder entsprungen waren, der einen oder anderen Seite Mut zuzusprechen.

2

Die im Ausland wollte ich nicht weiter auf dem Laufenden halten. So erfuhren sie nichts von meinem Besuch bei dem Arzt. Dort verlief es aber so:

Als ich in die Praxis kam, begrüßte mich eine freundliche Dame um die fünfunddreißig. Sie war mit dunkelblauen Stricksachen, Rock und Jacke gekleidet, und trug dazu eine weiße Bluse mit engem Kragen. Daran waren Spitzen. Sie hatte fast schwarze Strümpfe an. Der Rock hörte oberhalb der Knie auf. Sie sah B. sehr ähnlich. Das stimmte mich froh und traurig zugleich. Ihre Stimme und die wenigen Worte, die sie sagte, um meine Adresse zu erfahren, passten in die Ruhe des großen Flures. Dort stand ihr riesiger weißer Schreibtisch. Die Dinge auf dem Tisch und der ganze Eindruck, den ich hatte, ließen mich nicht an den Empfang in einer Arztpraxis denken, sondern eher an ein Büro in einer Vorstandsetage.

Ihr Luxussessel, auch ganz in Weiß, hätte besser dorthin gepasst, als an diesen Ort. Ihre Stimme war warm, weich, zart und sie flüsterte fast, als sie mich befragte. Ich antwortete normal, nicht zu laut, sah aber auch keinen Grund, leise zu sprechen. Anfangs waren wir beide allein, dann kam ein hemdsärmeliger Mann, so in meinem Alter, vielleicht ein wenig jünger, dazu. Er musterte mich mit huschenden Blicken. Eigentlich bemühte er sich, mich nicht wahrzunehmen, und wandte sich übertrieben der Dame zu, mit der er etwas zu klären zu haben schien. Er tauchte mit seinem Gesicht tief in ihre Haare und tuschelte ihr etwas ins Ohr. Dabei sah er mit schrägem Blick zu mir, grüßte, nickte halb und halb herüber und zog sich auf leisen Sohlen schnellstens wieder zurück in sein Zimmer. Er trug eine Lederweste über einem karierten Hemd. Dazu hatte er Jeans an. In seinem Gesicht wuchs ein grauer Backenbart. Der war auf dem Kinn ausrasiert. Es entstand so eine haarlose Schneise vom Hals bis zur Unterlippe in einer Breite von etwa zwei Zentimetern. Er erinnerte mich an einen Gartenzwerg. Ich konnte mir nicht vorstellen, dass er der Arzt sein sollte.

Ich nahm eine Lesemappe, setzte mich in einen flaumweichen Ledersessel und musste notgedrungen auf die vielen gemalten Bilder sehen, die an der Flurwand hingen.

Der Flur war gleichzeitig Wartezimmer. Alles hier war hell und in Weiß gehalten. Alle Bilder hatten etwas Schreckliches gemeinsam. Sie zeigten Menschen, die mit Doppelkörpern, Doppelgesichtern oder Doppelköpfen herumirrten. Sie irritierten mich, machten mich schon beim ersten Anschauen nervös und stifteten so Verwirrung. Die Gesichtszüge darin waren unfreundlich und die Blicke rücksichtslos vorwurfsvoll auf den Betrachter gerichtet; die Bilder primitiv, als hätten Kranke sie geschaffen. Sie schienen als abschreckende Beispiele hier zu hängen: ‚Seht, so kann es euch ergehen, wenn ihr nicht brav und gesund seid‘.

Sie waren aufdringlich und bedrohlich. Ja, sie wollten mich einschüchtern. Der Arzt, wer immer er war, trieb ein brutales Spiel mit mir, seinem Patienten. Dagegen lehnte ich mich sofort auf.

Ich musste noch ein paar Minuten warten, dann kam der Mann erneut aus seinem Zimmer, ging wieder an mir vorbei zu seiner Empfangsdame, und eilte danach mit Karteikarte und Zettel bewaffnet, auf mich zu. Er war also doch der Arzt. Er begrüßte mich jetzt richtig und unerwartet freundlich und bat mich in sein Zimmer.

Dort drinnen war eine völlig andere Stimmung. Durch Bücherwände und eine geschickte Aufstellung von Gegenständen, machte er sich mit einem dunkelbraunen übergroßen Kippledersessel, der sich als ein Mantel um ihn legte und der hinter einem schweren ebenfalls dunkelbraunen Schreibtisch stand, zum Mittelpunkt des ganzen Raumes. Er saß im blendenden Licht vor dem Fenster, während ich dagegen anblinzeln musste. Das ärgerte mich zusätzlich.

Ich sollte mich setzen. Mein Sessel, genauso dunkelfarbig, hatte, außer Armlehnen, nicht solche Bequemlichkeiten wie seiner. Während er sprach, konnte er nämlich genüsslich in seinem Sessel hin und her schaukeln. Ich dagegen konnte nur auf dem glatten

Ledersitz nach vorne rutschen und musste mich im übrigen an seiner Schreibtischkante abstützen, wenn ich ihm näher sein wollte oder um deutlicher erklären zu können.

Ich bekam den Eindruck, dass der Arzt nicht ehrlich war und es vor allen Dingen nicht sein wollte. Während des Gespräches vermied er anfangs jeden Blickkontakt mit mir und sah nur solange auf oder zu mir, wie es unumgänglich war, um eine Frage oder eine Antwort loszuwerden. Manche Frage stellte er, indem er auf seiner Karteikarte herumschrieb und überhaupt nicht aufschaute. Ich dachte, dass er wohl selbst Probleme hätte. Er bestätigte mir dann jedoch in sehr vernünftigen Worten und in einer mir verständlichen Sprache, dass B. bei ihm in therapeutischer Behandlung sei: „Ich führe dieses Gespräch mit Ihnen mit dem Einverständnis Ihrer Frau und ich werde ihr auch danach davon berichten".

Ich trug ihm also mein Anliegen vor: „Ich möchte in Zukunft alles Erdenkliche tun, um meiner Frau bei der Gesundung zu helfen. Ich möchte wissen, was ich machen kann, damit durch mich nicht noch größere Fehler passieren, als sie vielleicht jetzt schon geschehen sind".

Das hörte er sich sehr aufmerksam an: „Es ist sicher, dass das, was ihre Frau durchmacht, nicht mit einem Verschulden von Ihnen als Partner zusammenhängt oder so zugewiesen werden kann. Das Problem ist einzukreisen auf gewachsene Umstände, auf eine über Jahrzehnte geduldete, beidseitige Rollenaufteilung.

Jedem Mann an Ihrer Stelle wäre es genauso ergangen. Bei Ihrer Frau beginnt alles in der Kindheit. Das ging so weiter, bis sie Sie traf. Sie waren nur eine Fortsetzung des bestehenden Zustandes. Das ist so. Sie beide waren in der Ehe jeweils Kind gegenüber ihrem Partner und wiederum für jeden von Ihnen Elternersatz. Gleichzeitig strebten Sie die Zusammenführung der Rollen eines jeden von Ihnen in das eigentliche partnerschaftliche Verhältnis an. Jeder sollte darin dem anderen Vater, Mutter und Partner zugleich sein. Das musste zu Spannungen führen. Das konnte nicht ewig halten".

Dann fragte er mich: „Kann es sein, dass bei Ihnen noch hinzukommt, dass Sie Schwierigkeiten haben, die Wünsche Ihrer Partnerin zu verstehen und sie zu berücksichtigen?"

Das war eine gute Frage. Die wollte ich ehrlich beantworten und sagte: „Das ist leider sehr wahrscheinlich. Ja, ziemlich sicher sogar".

Gleichzeitig dachte ich, dass es nicht nur eine geschickte Frage von ihm war, sondern zugleich ein Ablenkungsmanöver sein konnte. Er

hatte mich nämlich in sein Wissen um seelische und andere Zustände meiner Frau so einfach mit einbezogen. Ich fand das unerhört. Er tat so, als wären meine Frau und ich eineiige Zwillinge, als hätten wir eine vergleichbare Kindheit erlebt, indem er von mir vermutete, was er nur von meiner Frau über mich hatte erfahren haben können. Als Arzt hätte er sich diese Blöße nicht geben dürfen. Es war eine unzulässige Unterstellung und eine maßlose Unterschätzung meiner Person. Das musste ihm im selben Augenblick schlagartig klargeworden sein. Vielleicht hatte er seinen Fehler auch an meinem Gesicht abgelesen und wollte ihn nun nicht mehr zugeben oder richtig stellen. Er machte mit dem, was er sagte, eine Art Flucht nach vorne und versuchte mich zu umzingeln. Ich konnte mich gegen die Einbeziehung so schnell nicht wehren. Das brachte mich in Wut und raubte den Rest des Vertrauens, dass ich zu ihm hatte, völlig. Ich war empört und enttäuscht; als er fortfuhr: „Bei Ihrer Frau ist der Bogen, nicht gehört und verstanden zu werden, überspannt. Er ist zerbrochen. Das ist auch so schnell nicht in Ordnung zu bringen. Das kann eins, zwei, drei Jahre dauern. Sie wollten ja einen Rat von mir haben. Deshalb kann ich Ihnen nur sagen, finden Sie sich damit ab. Sie sollten von nun an ganz für sich selbst sorgen. Denken Sie nur noch für sich selbst. Das muss auch Ihre Frau lernen. Am meisten Annäherung, wenn diese denn irgendwann und unter ganz anderen Umständen jemals möglich sein wird, erreichen Sie nur, wenn Sie ihre Frau völlig in Ruhe lassen".
Ich antwortete enttäuscht: „Aber wir werden uns dann doch immer weiter voneinander entfernen, und wie sollen wir uns jemals wiederfinden".
„Das müssen Sie abwarten und auf sich zukommen lassen können. Je mehr Sie nichts tun, desto mehr tun Sie für Ihre gemeinsame Sache, falls es denn jemals wieder eine geben wird".
„Ich bin der Meinung, dass meine Frau seelisch und körperlich leidet, dass sie krank ist". Darauf nickte er.
„Wenn meine Frau also krank ist, kann ich sie doch nicht sich selbst überlassen. Das halte ich einfach für unfair. Trotzdem werde ich mich nach dem richten, was Sie mir raten und sie so vollständig wie möglich in Ruhe lassen. Ich werde mich aber, solange sie krank ist, nicht völlig von ihr abwenden können, selbst wenn sie es von mir verlangen sollte". Er sah mich zweifelnd an.
Ich fuhr fort: „Es gibt da noch so eine Sache mit den Begriffen. Meine Frau sagt zu mir, dass sie sich mit mir versöhnen möchte.

Darunter versteht sie aber, dass sie mit mir in freundschaftlichem Verhältnis Umgang haben möchte. Auf keinen Fall will sie darunter die Wiederaufnahme unserer Ehe verstehen".

Er: „Was sagt sie denn dazu?"

„Wozu? Zur Ehe?"

„Ja".

„Sie sagt: ‚Ich möchte mich sehr gerne nach wie vor mit dir unterhalten mit dir reden können. Ich möchte aber nie, nie, niemals wieder eine Ehe mit dir führen. Unter keinen Umständen".

Der Arzt: „Sie müssen es lernen, diesen Wunsch Ihrer Frau, so, wie sie ihn sagt, zu akzeptieren. Sie versteht unter Versöhnung also etwas anderes als Sie. Aber ich möchte ja in diesem Gespräch nicht Sie therapieren sondern Ihnen nur raten und Fragen, die Sie haben, beantworten. Sie sollten sich ganz darauf einstellen, dass Ihre Frau nicht zurückkehren wird. Und wenn es jemals für Sie beide eine gemeinsame Basis geben sollte, dann nur unter völlig anderen Vorzeichen, wie sie in jeder neuen Liebesbeziehung vorhanden sind. Das sagte ich ja schon. Das ist gewiss ein Schock für Sie. Damit sollten Sie aber umgehen lernen. Es ist deshalb für Sie ganz wichtig, dass Sie ebenfalls in einer Behandlung sind. Sie können sich nicht alleine helfen. Sie müssen in Ihrer Lage Hilfe von außen suchen und in eine Therapie gehen".

Ich schwieg einige Sekunden, weil ich dem nicht zustimmen wollte. Erstens, dachte ich, spricht er über Dinge, die sich nur im Herzen von B. abspielen. Er mag ja recht haben, aber er kann sich dessen nicht so unbedingt sicher sein. Zweitens hat er den großen Fehler begangen und die vermeintlichen Probleme meiner Frau einfach auf mich übertragen, und drittens spricht er davon, dass ich in eine Therapie gehen müsste. Das finde ich nun auch nicht für jeden machbar. Wie viele Menschen müssen sich selbst helfen oder müssen ihren Kummer und ihr Leid ertragen, ohne Hilfe von außen bekommen zu können. Viele kämpfen vielleicht auch mit innerem Anstand darum, weil sie überzeugt sind, dass es schmerzhafte Erfahrungen geben muss, dass Leid und Freude, Liebe und Enttäuschung durchlebt werden sollen. Ich dachte an etwas, das mir in dem Augenblick einfiel. Eine Kollegin hatte gerade ihren Mann durch eine unheilbare Krankheit verloren. Nach Monaten der Trauer hatte sie zu ihrer Freundin gesagt: ‚Nun will ich nicht mehr wachsen'. Das hatte die wiederum mir erzählt. Ich verstand den Satz nicht, so dass die Freundin ihn mir erklären musste: ‚Man

wächst doch mit dem Leid. Und nun will sie nicht mehr wachsen'.
Da habe ich erst verstanden, was los war.
Zum Arzt sagte ich: „Es ist schon wieder ein Ostergruß von mir an
meine Frau unterwegs. Kann sie den denn verkraften?"
Er: „Sie muss es lernen, damit umzugehen".
Ich: „Meine Frau hat mir schon zweimal am Telefon gesagt, dass
sie sehr unter dem leidet, was sie mir angetan hat, und ich will
nicht so tun, als ob sie mir nichts angetan hätte. Immerhin hat sie
mich aus der Wohnung geschmissen, und genießt mit den Kindern
alles, was mir lieb und wert war, die Wohnung, das Daheim, auch
den persönlichen Luxus. Meine Familie hat vier Autos und ich habe
keines. Es ist mir aber das alles nicht wert, dass sie deswegen und
zusätzlich Seelenqualen erfährt. So kann sie doch erst recht nicht
gesund werden. Diese Qualen sind doch zusätzlich und neu!"
Ich fuhr fort und unterschlug dabei die Bitterkeit:
„Ich möchte, dass Sie meiner Frau sagen, dass sie mir letzten
Endes nichts angetan hat. Ich komme ja ganz gut zurecht. Ich
möchte Sie auch bitten, ihr zu sagen, dass ich keine Wut auf sie
habe, dass ich ihr nicht böse bin und sie nicht hasse, höchstens
dass ich darunter leide, nun auch noch hören zu müssen, dass sie
sich unter neuen Gedanken quält. Vielleicht ist sie froh, das zu
erfahren. Vielleicht erleichtert sie das. Können Sie ihr das so
ausrichten?"
Der Arzt: „Darüber wurde in der Gruppe mit Ihrer Frau bereits
gesprochen, aber Sie können ihr das nicht abnehmen. Sie muss da
durch und ich sagte ja, dass ich mit Ihrer Frau über dieses
Gespräch reden will".
Im Laufe der letzten Sätze hatte er sich mir völlig zugewandt, so
dass sich das Gefühl etwas verlor, unehrlich von ihm behandelt
worden zu sein. Richtig munter und aufgekratzt wurde er aber erst,
als er mich fragte: „Ich weiß noch nicht genau, ob ich dieses
Gespräch bei Ihrer Frau mit unterbringen soll..."
Aha, er war schon bei der Abrechnung.
Ich fragte: „Wieso bei meiner Frau? Schicken Sie mir die Rechnung.
Das ist dann in Ordnung".
Er: „Sie sind doch in der Kasse, nicht wahr?"
Ich: „Ja".
Aber er hatte schon weiter überlegt: „... also ... das machen wir
dann ... ja, so geht es ... das reichen Sie dann bei Ihrer Kasse ein
und dann bekommen Sie wenigstens zwei Drittel der Kosten ...

nicht wahr ... Sie verstehen doch ... ja? Also, sie melden sich vielleicht in einem viertel Jahr wieder bei mir und wir könnten mit dem Einverständnis Ihrer Frau ein weiteres Gespräch führen".
Damit schob er mich aus der Tür und ich stand im Flur.
Er kam nach mir heraus und zog vorbei zu seiner Dame. Der flüsterte er wieder intim ins Ohr. Dabei sah er flüchtig auf eine junge Frau, die meinen vorherigen Platz eingenommen hatte. Ihr sandte er die gleichen fahrigen Blicke wie anfangs mir zu. Dann ging er zurück in sein Zimmer. Von dort rief er die Frau auf, kam ihr aber gleichzeitig entgegen, und begrüßte sie freundlich und zuvorkommend.

3

In einem Punkt hatte der Arzt mit Sicherheit recht. Die Trennung von B. war ein schwerer Schock für mich. Es war ein Schock, den ich mit einem Erdbeben vergleichen musste. Es war ja nicht genug damit getan, dass alles für mich viel zu plötzlich gekommen war sondern dass ich den direkten Kontakt zu ihr von einer Minute zur anderen verloren hatte. Gespräche, Fragen, Rufe gingen ins Leere, ihre Nähe konnte ich nicht mehr spüren, ihr Dasein war verlorengegangen, alles was sie an Spuren überall hinterließ, konnte ich nicht mehr ausmachen. Mir fehlte ihr Körpergeruch, das Rauschen, Rascheln ihrer Kleider, ihre Kleidung, ihre Bewegung, ihre Stimme, ihre Sprache, ihr Lächeln, ihr Kommen und ihr Gehen. Mir fehlten ihre spontanen Einfälle zu meinen Bildern und meinen Gedichten, ihre Intuitionen, die sie für mich aus einer anderen Welt herübertrug, ohne sich darüber bewusst zu sein. Sie fehlte mir als Muse am allermeisten. Dazu muss man wissen, dass ich zwei Musen hatte. Erstens B. und zweitens eine ihrer Freundinnen, jedenfalls eine Kollegin, mit der sie sich des öfteren traf. Eine Muse zu haben ist für mich unerlässlich, eine Notwendigkeit. Wer die Abhängigkeit von ihr nicht kennt und nicht weiß, wie unersetzlich sie ist, dass neben ihr im besten Fall nur andere, schwächere Musen bestehen können, kann auch nicht wissen, wovon ich spreche. Seine Muse zu verlieren, heißt dem Tod begegnen. Jeder, der eine Muse hat, fürchtet diesen Augenblick.
Der Anblick der Freundin reichte aus, um mich mit den überraschendsten Einfällen zu versorgen. Alles in mir überschlug sich, wenn ich sie nur sah. Ihr Anblick war ein Sprung in aufgewühltes Wasser, aus welchem ich mich zugleich retten musste.

Bei B. war es aber so, dass mich ein ungleich größeres Gefühl, ein viel farbenprächtigerer Gedankenreichtum überfiel, sobald ich sie irgendwo und irgendwie berührte. Ich lud mich an ihr auf, so direkt, wie die Berührung stattfand. Ihr Verlust war am allerschmerzlichsten, der verwundete mich am tiefsten, er beschädigte meine Seele. Es riss eine Nabelschnur, mit der ich an B. bis dahin getreulich gebunden war. Ich hatte sie als ein Geschenk empfunden, indem sie sich selbst an mich weitergegeben hatte, und nun passierte dies. Ich war bis zur Handlungsunfähigkeit getroffen. Ich erkannte keinen anderen Weg, als das zu tun, was sie von mir verlangte, und zog aus unserer gemeinsamen Wohnung aus. Im Laufe der nächsten Wochen aber erst stürzten die Gebäude meines bisherigen Lebens eines nach dem anderen richtig über mir zusammen. Unter jedem der Trümmer wurde ich begraben, neu verletzt, getötet und wieder zum Weiterleben gezwungen. Es fiel mir schwer, mich gegen Selbstmitleid zu schützen und vor Gedanken an Selbstmord zu bewahren.

Unrecht hatte der Arzt allerdings in der Meinung, dass er der Vermittler dieser Erkenntnis sei. Damit unterschätzte er mich als den Betroffenen. Besser wäre es gewesen, er hätte mich nachhaltig auf den Verdrängungsmechanismus hingewiesen, der sich dauernd in mir abspielte. Selbstverständlich wollte ich das Endgültige nicht wahrhaben. Die eigentliche Gefahr lag darin, mit dem Kopf etwas zu verstehen, und es mit dem Herzen nicht wahrhaben zu können.

Bis heute ist mir nicht klar, ob es richtiger ist, das mit dem Kopf Verstandene in die Tat umzusetzen oder dem Willen des Herzens und der ganzen Gefühlswelt zu folgen und ihr freien Lauf zu lassen. Wahrscheinlich verhielt ich mich in meinem Zwiespalt, meinem Aufbegehren, ganz normal.

In der ersten Zeit versuchte ich die Gründe, die zur Trennung geführt hatten, herauszufinden. Immer wieder fragte ich mich nach dem ‚Warum'. Bis ich endlich begriff, dass ich einen Gesprächspartner brauchte. Alleine konnte ich das nie herausfinden.

Ich begann also mich mit dem Gedanken zu befassen und hatte wenig später den mutigen Einfall, mich um eine neue Partnerin zu kümmern.

Dazu suchte ich aus der Zeitung geeignete Anzeigen heraus und stellte mich mit Antwortschreiben vor. Ich war dabei so ehrlich wie möglich und schrieb, dass ich zwar getrennt lebte aber eben noch nicht geschieden sei. Das war sicher der Grund für die Damen, nicht zu reagieren, denn ich bekam praktisch nur zwei Antworten. Gemessen an meinen vielen Schreiben, war das nichts. Eine der Frauen, die geantwortet hatten, traf sich tatsächlich mit mir. Der Treffpunkt lag ganz in der Nähe meiner Wohnung. Zu der Zeit war mein Telefon nicht in Ordnung, so dass ich auf die Absprache mit ihr angewiesen war. Sie konnte den Termin aber nicht pünktlich einhalten. Ich wartete in lausiger Kälte über eine halbe Stunde lang umsonst. Als ich endlich gehen wollte, und ich war letzten Endes sogar froh, als alles ins Wasser gefallen zu sein schien, kam eine muntere Dame auf mich zu, stellte sich kurz vor und befragte mich sofort nach meinem Telefon, denn sie sagte: „Ich hatte mehrfach versucht, Sie zu erreichen. Ich konnte nicht pünktlich sein".

Sie war also die Erwartete. Sie machte deutlich, dass sie zu den Frauen gehörte, die gleich alles überblickten und sich ihrer Sache in allem sicher waren. Dagegen habe ich nichts, weil sie einem manchmal unbequeme Wege abnehmen können.

Der Nachteil solcher Menschen aber ist es, dass sie in ihrer Art zu bestimmen, über den Partner verfügen und immer sicher sind, das Richtige für beide zu wissen. Das bekam ich schnell und deutlich zu spüren. Wir gingen zunächst in ein Cafe und unterhielten uns sehr angeregt.

Sie erzählte mir von sich und ich erzählte ihr von mir, so dass sie von meinen Bildern erfuhr. Ich zeigte ihr auch Fotos davon.

Sie redete viel, und ich denke, dass auch ich viel sprach. Dann gegen sechs, als das Cafe schließen wollte, waren wir die letzten und mussten hinaus. Ich fand alles für den Anfang ganz gelungen und wollte mich nun verabschieden.

Sie: „Ich finde wir sollten noch einen Spaziergang machen. Finden Sie nicht auch?"

Wir zogen also entlang dem kleinen Flussufer durchs spärliche Grün. Es war leider für diese Jahreszeit viel zu kalt, und ich wurde unlustig. Das musste sie gemerkt haben, denn sie meinte, dass sie gesundheitlich angeschlagen sei: „Sein Sie bloß vorsichtig. Sie können sich an mir nur anstecken. Es sei denn, dass Ihnen das nichts ausmacht".

Doch, das hätte mir etwas ausgemacht. Ich fragte also: „Was haben Sie denn?"

Sie: „Keine Leiden, ich bin nur dauernd erkältet".

Ich: „Dann sollten wir lieber nicht so lange spazieren gehen. Wir sollten besser umkehren".

Das sagte ich, weil sie mir leid tat und weil ich dachte, dass das sowieso für ein erstes Kennenlernen ausreichte.

Sie willigte ein.

Ich sah mir dann ihr Gesicht sehr kritisch an. Eine Schönheit war sie nicht. Das sollte grundsätzlich nicht viel bedeuten. Ihr Gesicht weckte aber auch nicht den Wunsch in mir, mich gerne und länger in ihrer Nähe aufzuhalten. Aus all diesen Gründen fand ich, dass wir ruhig umkehren konnten.

Als wir wieder bei ihrem Auto waren, kam sie auf eine Idee: „Ich bin jetzt richtig neugierig geworden auf Ihre Bilder. Sie wohnen doch nicht weit von hier. Wollen Sie mir die nicht zeigen?"

Ich fand das nett von ihr, denn meine Bilder zeigte ich gerne. Ich hatte aber zugleich ein schlechtes Gewissen, weil ich dachte: ‚Nun hast du ihr so viel von deinen blöden Bildern erzählt, dass sie sich verpflichtet fühlt, sich die anzusehen'. Das wollte ich ihr nicht unbedingt antun.

Deshalb sagte ich: „Sie sagen das jetzt nur aus Höflichkeit. Ich würde sie Ihnen auch gerne zeigen, aber ich denke, dass das zu aufwendig ist. Meine Bilder sind wie die von vielen anderen, da ist bestimmt nichts besonderes dran. Die zeige ich Ihnen lieber später mal, ok?"

„Nein, nicht ok. Ich finde wir sollten sie uns jetzt ruhig ansehen. Es sei denn, dass Sie das nicht wollen. Das wäre natürlich etwas anderes". „Doch, doch. Das möchte ich schon. Ich denke nur, dass Sie sich vielleicht verpflichtet fühlen, sich die anzusehen, nur weil ich davon erzählt habe". Wir fuhren mit ihrem Wagen zu mir, parkten und gingen in die Wohnung. Die liegt in einem Hochhaus. Das war wirklich nicht weit entfernt.

Sie fühlte sich bei mir gleich wie Zuhause. Meine Nachbarin kam herüber, weil sie eine Nachricht für mich hatte. Der stellte sie sich selbst vor. Das fand ich stark. Das zeugte von Selbstbewusstsein, und es gefiel mir irgendwie. Dann waren wir wieder allein.

Ich holte etwas zu trinken und dann meine Mappen. Sie zeigte große Aufmerksamkeit, hatte gute Fragen und kannte sich bestens aus. Ihr Interesse war also ehrlich gewesen. Es war inzwischen so spät geworden, schon nach zehn, dass ich dachte, nun müsste sie von sich aus gehen wollen. Daran würde ich sie auch nicht hindern. Sie blieb aber und wollte die ganze Wohnung sehen. Ich zeigte ihr die wenigen Räume. Im Schlafzimmer blieb sie vor dem mit einem großen Bettlaken abgedeckten aber sonst richtig bezogenen zweiten Teil des Doppelbettes stehen: „Da hinein kommen dann die Neuerwerbungen, oder?"

Ich war so überrascht von ihrer Frage, dass ich verlegen lachen musste. Die Verlegenheit kam aus zwei Gründen. Erstens hatte ich das Bett zugedeckt, weil ich es nicht brauchte. Eine Partnerin war ja gerade das, was mir fehlte. Und zweitens unterstellte sie mir einen lockeren Umgang mit Bekanntschaften, in die sie sich auf diese Weise selbst einreihte. Darüber wurde ich ärgerlich, denn das zweite Bett war in meinem Herzen immer noch für B, reserviert und nur, wenn es alles, alles anders kommen sollte, konnte es für eine neue Herzensdame sein. Dieses Bett stand zwar in meinem Schlafzimmer, mir aber eigentlich nicht wirklich zur Verfügung. Ich sagte deshalb ganz ehrlich zu ihr:

„Das Bett ist so unbenutzt, wie es gekauft wurde. Da hat noch keine Frau drin geschlafen". Ich sagte es so ehrlich, dass sie es mir abnahm. Sie guckte mich zwar ein wenig ungläubig an, aber mehr wegen der Tatsache, dass es so etwas geben sollte, als dass sie Zweifel an meinen Worten gehabt hätte. Ich bekam den Eindruck, dass ihr gefiel, was ich geantwortet hatte, denn sie sagte langsam: „Aha".

Wir gingen wieder ins Wohnzimmer zurück und ich dachte: ‚Die Frau will ganz offenbar noch ein wenig bleiben. Gut. Das ist ja nicht schlimm'. Ich fragte deshalb: „Soll ich uns ein kleines Abendbrot machen?"

Sie: „Ja, das wäre schön".

Ich ging in die Küche, durch einen Vorhang hindurch, so dass ich weiter mit ihr reden konnte und schnitt ein paar Brötchen auf. Ich deckte den Tisch und ärgerte mich darüber, dass sie keinerlei Anstalten machte, mir zu helfen. Sie kam nicht einmal in die Küche, um sich umzuschauen.

Ich dachte plötzlich: ‚Wenn die denkt, dass ich mit ihr so einfach ins Bett hüpfe, dann irrt sie sich gewaltig'.

Ich musterte trotzdem ihren Körper etwas genauer und suchte nach Reizen, ob ich denen vielleicht erliegen könnte, und war mir meiner Sache nicht mehr so sicher.

Sie rief unvermittelt, als hätte sie meine Gedanken erraten, in die Küche: „Ihr Schlafzimmer gefällt mir. Das sieht gemütlich aus".

Ich: „Ja, das ist eine Neuanschaffung". Mehr sagte ich nicht dazu.
Spät um halb zwölf saß sie immer noch bei mir.
Ich hatte Wein aufgemacht und wir tranken den verdünnt mit sehr
viel Sprudel. Wir duzten uns inzwischen und alles hatte sich ein
wenig entkrampft. Sie hieß V.
Zufällig sah ich auf ihre rechte Hand, die gerade das Weinglas anhob.
Sie führte es nicht zum Mund, sondern als ob ihr jemand einen Stoß
gegeben hätte, schoss das Getränk aus dem Glas nach hinten heraus
und ergoss sich über ihre Bluse.
Ich fand das witzig, weil es so unerwartet kam, und musste lachen.
Sie war über ihre Ungeschicklichkeit etwas empört, sah mit schnellen
Blicken zu mir und versuchte sich die Bluse auf ihrer Brust mit einer
Serviette trocken zu wischen.
Es war eine feuerrote Seidenbluse, und der schwachrosa Wein
konnte der nichts anhaben. Sie selbst war aber darunter ganz nass
geworden.
Ich sagte: „Du, V., das macht nichts, ich kann dir von mir ein Hemd
geben. Die Bluse ziehst du einfach aus und wäschst sie bei dir
Zuhause".
Sie: „Das ist gut. Danke".
Sie stand auf und ging mir voran gleich los ins Schlafzimmer. Ich
holte sie ein, machte den Schrank auf, zeigte ihr, wo meine Hemden
hingen. Dann gab ich ihr noch ein frisches Handtuch und überließ sie
ihrer Umkleiderei.
Im Wohnzimmer legte ich eine Platte auf und schöpfte erst einmal
Atem. Die Schallplatte war schon über die Hälfte abgespielt, aber sie
kam nicht zurück.
Das konnte ich nicht verstehen. Sie brauchte viel zu lange für sich.
Das machte mich stutzig und misstrauisch.
Ich sagte wieder zu mir: ‚Die kann doch nicht gleich am ersten Tag
schon mit dir ins Bett wollen'.
Dann dachte ich: ‚Vielleicht fehlt ihr etwas und sie traut sich nicht zu
fragen'. Deshalb ging ich zurück. Sie hatte die Schlafzimmertür nicht
abgeschlossen. Sie stand dort in einem meiner Hemden. Es war ein
Ungebügeltes, das ihr gefiel. Sie sah darin zehnmal besser aus, als in
ihrer roten Bluse.
Ich sagte: „Hm, das steht dir bestens. Fast so gut wie deine Bluse".
Sie: „Meine Bluse ist ein ganz besonderes Stück. Die habe ich vor
vielen Jahren gekauft und ich trage sie nur sehr, sehr selten". Sie
betonte das ‚sehr, sehr', und ich musste nun wissen, dass ich also

ein besonderer Anlass gewesen war. Mit meiner vorsichtigen Äußerung hatte ich noch einmal Glück gehabt.

Sie nahm nun ihre rote Bluse, zog wie selbstverständlich damit ins Badezimmer, fand sofort alles, was sie brauchte und begann sie ganz langsam und vorsichtig im Waschbecken zu reinigen und zu spülen.

Zu meiner Überraschung färbte sich das Wasser rot, als wäre Blut darin. Sie sah in mein Gesicht und erklärte mir: „Das ist alles noch Farbe von der Bluse, kein Wein". Sie lachte leicht auf. „Wenn ich die ein bisschen an die Heizung hänge, kann ich sie fast trocken mitnehmen".

Ich dachte: ‚Mein Gott. Sie will auch noch Wäsche trocknen, das kann ewig dauern. Das kann doch alles nicht wahr sein'.

V. sagte: „Ich versteh' gar nicht, wie das passieren konnte. Ich kann mir das nicht erklären".

Ich überlegte: ‚Wenn sie das ganze nur eingefädelt hat, um einen Grund zu finden, sich hier auszuziehen, dann hätte sie doch zum mindesten so weit gehen und sich mir verführerischer zeigen müssen. Das hatte sie aber nicht getan, oder ich hatte es nicht bemerkt.

Ich war geneigt, ihr das Missgeschick zu glauben.

Sie hängte ihre Bluse vor die Heizung. Nach einer knappen halben Stunde, in der sie sich nun endlich zum Gehen entschlossen hatte, war die völlig trocken.

Ich dachte: `Jetzt wird sie sich wohl noch einmal umziehen müssen, um das Hemd loszuwerden. Das wird wieder dauern".

Das tat sie aber nicht.

Stattdessen fragte sie: „Darf ich das Hemd anbehalten?"

Es war ein grünweißgestreiftes Hemd, welches ihren schlanken Körper in eine anmutige Sportlichkeit hüllte und ihre Figur wirkungsvoll nachzeichnete. Es war wie für sie gemacht und viel vorteilhafter als die rote Bluse. Bei deren warmfeuchtem Rot verspürte ich den Hauch einer Azalee, die ihre Farbenpracht mit einer übernervösen Sinnlichkeit zur Schau stellte. Ihr jetziges Aussehen erleichterte mich. Sie wurde mir fast vertraut.

„Ja, natürlich".

Ich war froh: „Auf ein Hemd mehr oder weniger kommt es mir bestimmt nicht an. Es ist zwar noch nicht einmal gebügelt, aber es steht dir wirklich sehr gut".

Ihre Frage war mir wie eine Erlösung vorgekommen.

Draußen hatte ein unangenehmer Schneeregen eingesetzt. Deshalb dauerte das Abschied nehmen nicht lange. Sie machte gleich fest, dass sie sich, auch wegen des Hemdes, wieder melden würde und startete zu sich nach Hause. Als sie außer Sichtweite war, atmete ich durch. Die Frau hatte mich geschafft. Ich weiß nicht warum, aber ich war fertig.

Die würde ich von mir aus nie wieder anrufen. Mit dem Gedanken ging ich in die Wohnung, trank ein Bier und ging Schlafen.

Ich vergaß die ganze Geschichte schon innerhalb der nächsten zwei, drei Tage. Plötzlich aber war sie wieder in der Leitung: „Hier ist V. Wie geht's?"

Ich stammelte vor Überraschung und flüchtete mich in eine Höflichkeit: „Gut danke. Vielen Dank für den netten Abend neulich. Bist du gut nach Hause gekommen?"

„Ja, sehr gut. Ich habe noch lange über unser Treffen nachgedacht. Ich meine, dass wir uns noch einmal treffen sollten. Ich denke, dass das Sinn hat. Was meinst du dazu. Übrigens habe ich dein Hemd wunderbar gebügelt und möchte es dir gerne wiedergeben".

„Ach, das Hemd. Ja, richtig. Das ist doch gar nicht so wichtig. Aber wir können uns schon noch 'mal treffen. Hast du einen Vorschlag?"

Sie gleich: „Ja, ich sagte dir ja, dass ich in einem Chor singe. Vielleicht magst du hinkommen und bei einer Aufführung zuhören. Vielleicht kann man dann hinterher etwas machen. Was meinst du".

Sie hatte mir tatsächlich von ihrem Chor erzählt. Das hatte mir gefallen, weil ich selbst einmal eine Zeitlang Chorsänger gewesen war. Damals hatte ich im Tenor gesungen. Tenöre, das weiß jeder, sind knapp. Auf die machen alle Jagd. Die werden auch immer ein wenig verhätschelt. Denen spielt man die Melodie gerne einmal mehr als anderen vor und lieber einmal mehr als einmal zu wenig.

Ich sagte deshalb zu ihr: „Wollt ihr mich einfangen?"

„Nein, aber vielleicht findest du ja wieder Gefallen am Chorsingen und machst mit. Komm doch bitte und höre zu".

„Mitsingen werde ich bestimmt nicht, weil mich das zu sehr anstrengt, aber gut, ich komme hin".

Wir besprachen Uhrzeit und Tag, und während des Gespräches wiederholte sie mindestens dreimal, dass sie mein Hemd mitbringen würde und dass es wunderbar gebügelt wäre.

Dann: „Du wirst doch wirklich kommen?"

„Ja, ich komme, ganz bestimmt".

Ich ging hin. An der Kasse lag keine Karte für mich bereit. Das enttäuschte mich ein wenig. Vor Beginn der Aufführung war sie nicht zu sehen. Es wäre noch Zeit genug gewesen, aber sie ließ sich nicht blicken. Ich dachte mir, dass sie das wohl wegen des Einsingens nicht einrichten konnte.

Als dann der Chor auftrat, suchte sie sofort mit den Augen die Reihen ab. Ich beobachtete, wie geschickt sie dabei vorging. Sie begann, ganz systematisch mit der ersten Reihe und hatte mich so nach wenigen Reihen erspäht. Sie lächelte einmal freundlich herüber und suchte auch während der ganzen Aufführung mit mir Blickkontakt zu halten. Das war sehr mutig, denn dadurch musste sie ja jedes Mal den Dirigenten vernachlässigen.

Nach dem Singen hatten sich die etwa fünfzig Zuhörer schnell verteilt und ich wartete immer noch in der Bank auf sie.

Das dauerte und dauerte.

Ich konnte mir nicht erklären, was sie am Kommen hinderte. Ich war drauf und dran zu gehen. Da erschien sie und setzte sich zu mir, wie eine Mutter zu ihrem Kind in die Reihe.

Wir waren alleine, ganz unter uns.

Sie hatte Pläne für das bevorstehende Wochenende für uns und holte während des Erzählens das Hemd aus einer Tasche. Sie überreichte es mir, als hätte sie einen Schatz.

Ich sagte: „Bügelst du auch nach Zeit?" Sie verstand mich nicht: „Was für Zeit?" „Na, dass du dir vornimmst, das Bügeln eines Hemdes darf nicht länger als soundso viele Minuten dauern", und gleich dazu, „bei mir dauert ein Hemd viereinhalb Minuten. Dann ist es gebügelt. Ich nenne das ‚Olympiade auf dem Bügelbrett', ohne Doping, also ohne Sprays natürlich".

Sie sah mich völlig fremd an. Sie verstand kein Wort.

Stattdessen sagte sie vorwurfsvoll: „An deinem Hemd habe ich über eine dreiviertel Stunde gebügelt". Und dann gleich, als ich es wegstecken wollte: „Schieb das nicht so einfach in deine Tüte, bitte. Mach das ordentlich. Gib mal her". Ich staunte.

Ich hatte ihr das Hemd aus der Hand genommen und wollte es rollen und in eine Tüte legen. Das ließ sie aber nicht zu. Sie nahm mir alles ab und holte eine feste Tüte mit breitem Boden. Dorthinein legte sie es wie einen Kranz, der nicht zerdrückt werden durfte, ganz nach unten. Dann überreichte sie sie mir vorsichtig an den Handgriffen. Dort sollte ich sie anfassen.

Ich sagte: „Danke, du gibst dir so viel Mühe". Das meinte ich ehrlich. Ich konnte den Aufwand aber nicht verstehen.

Ich dachte: ‚Warum gibt sie sich nur so große Mühe damit. Das ist es doch gar nicht wert'.

Auf den Einfall, dass mir ihre Mühe gelten konnte, kam ich zwar, er schien mir aber nicht wahr sein zu können.

Sie fragte mich: „Wollen wir noch was unternehmen?"

Ich war unsicher, weil sie sicher wieder eine fertige Vorstellung haben würde und sagte: „Ja, wenn du eine Idee hast".

Die hatte sie tatsächlich: „Weißt du, wir wollen im Chor noch ein wenig feiern, da kannst du dazu kommen. Das wird bestimmt gemütlich. Das machen wir immer so".

Ich: „Das kenn' ich von unserem Chor. Ich finde, da hat ein Außenstehender nichts verloren. Und zum Tenor lass ich mich nicht überreden". Ich lachte sie dabei freundlich an und auch ein wenig aus.

Sie sah mich aber so bittend an, dass ich sagte: „Gut, ich komm mit und wir werden sehen".

Sie war schon hoch, nahm die Tasche, die ich wieder aus der Hand gelegt hatte, gab sie mir erneut und ging voran.

Nichts hasse ich so sehr, wie das sogenannte gemütliche Beisammensitzen bei Topfkuchen und selbstgemachten Salaten. Trotzdem hätte ich das noch hingenommen. Eigentlich war ich ja aber mit der Frau verabredet, um mich mit ihr zu unterhalten und nicht, um in einen völlig fremden Kreis, sozusagen als Gast, eingeführt zu werden. Der Chor war meiner Meinung nach nicht geeignet, um mich mit ihr über unsere Beziehung zu unterhalten. deshalb spähte ich nach dem Ausgang und behielt meinen Mantel über dem Arm.

Dann sagte in einem einzigen Zug zu ihr: „Das seh' ich so schon: das ist nichts für mich. Ich empfehle mich. Feiert euren Erfolg schön. Ich geh'. Ich melde mich. Bis dann. Tschüs". Winkte und ging.

Ich wollte ihr nicht wehtun und sah doch wie sich ihre Augenlider im Bruchteil einer Sekunde etwas senkten, verlegene Traurigkeit, Wut und gleichzeitiges Aufgeben einer sinnlosen Sache anzeigten.

Sie blieb tapfer und sagte mit ganz fester Stimme: „Dann eben nicht. Auf Wiedersehen", drehte sich von mir ab und nahm bei den anderen Platz. Das war meine erste Begegnung mit einer Dame und mein erster Versuch mich mit jemandem auszutauschen. Ich erkannte, dass die Möglichkeit, mit einem Menschen Gemeinsames zu

entdecken, eine enge oder sogar sehr enge Verbindung zu erreichen, nicht zu erzwingen und so jedenfalls auch nicht zu erreichen war. Ich gab vor mir selber zu, ein schlechtes Spiel gespielt zu haben. Einerseits hielt ich zwar Augen und Ohren offen, um vielleicht sogar wirklich etwas neues zu beginnen, machte mir womöglich Hoffnungen, hing aber andererseits so sehr an B., dass ich gar nicht fähig und innerlich nicht frei für eine neue Liebe war.
Jede noch so ehrliche Absicht musste von mir enttäuscht werden. ‚Das‘, so sagte ich mir, ‚ist der Unterschied zwischen Kopf und Bauch‘. Meine Erfahrung ließ mich ratloser als je zuvor zurück.

4

Der Misserfolg und mein schlechtes Gewissen konnten mich nicht über die Notwendigkeit hinwegtäuschen, einen vertrauten und liebenswerten Menschen in meiner Nähe haben zu müssen. Es war nicht nur die Sehnsucht sondern ein unumgängliches Bedürfnis, ein Durst, sich auszutauschen, nicht weiterhin die Hälfte eines Ganzen zu sein. Mir fehlte ein weibliches Wesen, mir fehlte eine Frau. Das war ganz deutlich. Die Leere an meiner Seite schmerzte unendlich.
Ich suchte also weiter und verfolgte eine zweite Antwort.
Ich müsste lügen, würde ich behaupten, darin in Wahrheit eine mögliche Lösung gesehen zu haben. Hoffnung verband ich damit, ja. Es war vor allen Dingen die Angst, meine Sehnsucht nach B. so einfach auf einen anderen Menschen übertragen zu wollen, die mich bremste. Hinzu kam die Scheu, meine Wünsche mit all ihren Folgen zu bedenken, nicht nur, weil es ein Neubeginn werden müsste, sondern, weil ich schließlich befürchtete, jede neue Bekanntschaft doch an B. zu messen. B. würde, davon war ich überzeugt, der Maßstab sein. Eine neue Frau müsste B's kritischem Blick in mir standhalten können, ob ich wollte oder nicht. Diese Einsicht machte mich fast krank, und sie vereitelte, dass ich überzeugend auftreten konnte.
Die zweite Annäherung begann ich aus diesen Gründen, unter übertriebener Zurückhaltung.
Die neue Dame hatte mich angerufen und sich ziemlich lange mit mir unterhalten. Sie fand ein gewisses Interesse an mir. Das sagte sie auch. Am Ende des Telefonates fragte sie sehr freundlich, ob wir uns nicht einmal sehen wollten. Das war mir recht und zwar weniger wegen des Treffens als dass ich dadurch überhaupt eine Ablenkung erfuhr. Trotzdem hoffte ich in einem letzten versteckten Winkel

meines Herzens, dass sich, so wie ich es bei B. erlebt hatte, Liebe auf den ersten Blick einstellen würde. Die sollte mich mit neuer Leidenschaft erfüllen, die sollte mich B. vergessen lassen. Alles Hoffnungen, alles Wünsche, und bei der Anruferin sah es sicher ganz ähnlich aus.

Das schuf eine Spur von Vertraulichkeit, und ich fragte sie nach ihrem vollen Namen und der genauen Anschrift. Das alles hätte ich gerne erfahren. Sie war aber, wie mir schien, dafür viel zu besorgt, denn sie sagte: „Reicht nicht erst einmal nur mein Nachname? Ich wohne außerhalb. Etwa eine Stunde mit der Bahn".

Und dann nach einer kleinen Pause: „Haben Sie trotzdem Interesse?" Das widersprach nicht meiner Absicht sie kennen zu lernen. Ich fand es sogar irgendwie gut und ließ sie das wissen.

Leider hatte ich kein Auto, so dass ich tatsächlich auf Bus und Bahn angewiesen war. Das sagte ich ihr gleich. Sie hatte Verständnis, war aber ein wenig irritiert: „Dann können wir uns ja auf halber Strecke in B. treffen. Ich komme Ihnen mit dem Auto entgegen, und wir können einen Spaziergang machen".

Das fand ich in Ordnung. Wir machten eine Uhrzeit aus und verabredeten uns für den nächsten Samstag. Das war zwar noch ein paar Tage hin und schien mir eigentlich bis dahin zu lange zu dauern, aber es ließ sich nicht eher einrichten und mal eben um die Ecke war es ja auch nicht. Als ich zu ihr unterwegs war, stellte ich mir immerzu vor, wie sie aussehen mochte, was sie tragen würde. Außer ihrem Nachnahmen, ihrer Größe und dass sie neunundvierzig Jahre alt war, wusste ich nur, dass sie Chemikerin war.

Mir hatte ihre sanfte, ruhige Stimme gefallen und zum Ende des Telefongespräches hatte sie mir gestanden: „Ich habe sehr viel erzählt. Das ist sonst gar nicht meine Art, aber es hat mir Spaß gemacht". Das hatte mir ebenfalls gefallen und ich fand sie soweit sympathisch.

Beim Eintreffen auf dem Bahnhof kam mir eine gutaussehende Frau entgegen. Sie hatte ein kleines Gesicht, eine hohe Stirn und eine angenehme Frisur. Sie trug die Haare in sanftem Bogen bis kurz über die Schultern, am unteren Ende mit einer leichten Innenrolle. Es lag viel Geschmeidigkeit in den Linien. Ihre Haarfarbe pendelte zwischen graublond, hellgrau und weißblond. Sie war gut gekleidet. Unter dem Sommermantel, den sie etwas zu früh für diese Jahreszeit trug, erkannte ich einen hochgeschlossenen dunkelgrünen Pullover in feiner Strickart.

Ich dachte: ‚Der hohe Kragen soll sie wohl schützen. Das ist ihre Angst, etwas von sich preiszugeben. Sonst brauchte sie nicht so zugeknüpft zu gehen'. Sie trug silbernen Schmuck. Der stammte aus alter Zeit und strahlte Besonnenheit, Ausgeglichenheit aus. Ihr ganzes Äußeres machte große Zurückhaltung deutlich. Die Farben waren nämlich so perfekt aufeinander abgestimmt und unterstützten so bewusst ihre Haarfarbe, dass es mir schien, als fehlte ihr in jeder Beziehung Mut, auch nur das kleinste Risiko einzugehen, den kleinsten Fehler zu machen.

So trieb ich ganz schnell meine Studien an ihr.

Über ihr Aussehen machte ich ihr aufwendige und keine plumpen Komplimente, indem ich nach der Herkunft des Schmucks fragte und die feine Zusammenstellung betonte, bis sie schließlich sagte: „Was meinen Sie, das ist ja auch kein Zufall".

Mit dem Satz konnte ich wenig anfangen.

Deshalb antwortete ich: „Ja, ich weiß. Eine Frau macht sich nur für sich selbst schön".

Damit wollte ich sie provozieren, dass sie zugab, sich für mich schön gemacht zu haben. Das tat sie aber nicht. Sie schaute mich stattdessen verständnislos an. Sie fühlte sich entweder ertappt, oder sie begriff meine Sprache nicht.

Sei es wie es sei, mir gefiel, wie sie sich gab.

Sie hatte ein offenes Gesicht, das von einem leicht mütterlichen Lächeln gekrönt wurde.

„Ich habe Ihnen ein paar Blumen mitgebracht". Damit drückte ich ihr einen kleinen Strauß in die Hand.

Sie bedankte sich: „Das ist sehr nett. Wir sollten noch mit dem Auto in die Stadt fahren. Da kann man besser herumlaufen, als hier draußen". Am Auto fiel mir die verschmierte Fensterscheibe am Beifahrersitz auf. Sie musste das gesehen haben, denn sie sagte: „Da sitzt immer mein Dackel. Der schnüffelt ewig mit der Schnauze an der Scheibe herum. Der will immerzu hinaus sehen".

Ich durfte also den Platz ihres Dackels einnehmen. Welch ein Tausch. Sie fuhr los und wir kamen gut ins Gespräch. Sie hatte ein festes Ziel: „Ich weiß ein Cafe. Dort ist es gemütlich und nicht so voll. Wenn es Ihnen recht ist, gehen wir dahin. Da können wir gemütlich sitzen und uns unterhalten".

Das gelang uns aber nicht, weil das Cafe geschlossen war. Das enttäuschte sie sehr. Sie war so zielstrebig darauf zugegangen, dass ich das Ganze für eine Art Schlachtplan hielt: ‚Das ist sicher nicht die erste Begegnung, die sie mit Bewerbern hat. Sie verfährt immer so. Heute läuft das aber anders als sonst. Ich bin gespannt, was sie sich einfallen lässt'.

Ich hatte bestimmt recht. Denn außer diesem Cafe als Stützpunkt kannte sie sich überhaupt nicht aus. Wir gingen suchend umher und waren plötzlich beide fremd. Das schuf für wenige Augenblicke die Wärme einer Gemeinsamkeit. Die hielt aber nicht lange an, denn der Ort war so klein, so dass wir bereits nach kurzer Sucherei in einem überfüllten Straßencafe landeten. Dort wurde sehr viel geraucht. Das gefiel uns beiden nicht. Wir mussten bleiben, eine Auswahl gab es nicht.

Alles in allem unterhielten wir uns trotz der Umstände und des Lärms ganz gut, kamen uns aber währenddessen nicht wieder näher. Zwischen uns wuchs ein unvermeidbarer Schleier, der den anderen immer unschärfer werden ließ. Das spürten wir beide. Durch den hindurch zu dem anderen zu gelangen, war keinem von uns möglich. Wir standen, jeder für sich, vor einer Enttäuschung, für die er den anderen nicht verantwortlich machen konnte und wollte. Es war eigenes Versagen. Das spürte ich allzu deutlich. Die berühmte Liebe auf den ersten Blick war und blieb Wunsch.

Sie sandte mir einen langen Blick zu und fragte völlig unvermittelt: „Glauben Sie, dass Sie innerlich schon frei genug sind für eine neue Partnerschaft? Bei mir hat das fünf Jahre gedauert".

Ich staunte, dass sie so tief hatte in mein Herz sehen können und blieb ihr eine Antwort schuldig.

Zu mir selbst sagte ich: ‚Siehst du, geschenkt wird dir gar nichts. Tu etwas, damit die Sache nicht im Sande verläuft'.

Ich wollte 'raus aus dem Cafe: „Vielleicht sollten wir noch ein bisschen herumlaufen und dann irgendwo Abendbrot essen. Wäre Ihnen das recht? Oder glauben Sie, dass Ihnen das in ihrem schönen Sommermantel schon zu kühl wird".

Sie war damit einverstanden: „Das macht nichts. Wir können ruhig gehen". Wir brachen also auf.

Draußen war es wirklich sehr kühl und windig, so dass ich meinen Arm ganz spontan um ihre Schultern legte, ihr ein wenig Schutz zu bieten. Sie wich aber schon vor der ersten Berührung der Umarmung so heftig aus, als wäre sie elektrisiert worden. Ich wunderte mich, denn es sollte ja auch ein Annäherungsversuch gewesen sein. Daran musste ihr doch ebenso gelegen sein. Ich dachte: ‚Die Frau hat Berührungsprobleme. Wie soll ich damit umgehen?'

Ich beschloss, weil ich nun über sie verärgert war, die Geschichte zu einem Ende zu bringen und erinnerte mich an den Zug für die Rückfahrt. Es war der letzte. Um den zu erreichen, blieb noch knapp eine Stunde Zeit. Den Anschluss hatte ich mir während meiner Herfahrt vom Schaffner sagen lassen.

Sie fragte wie durch Zufall nach der Uhrzeit. Daraus glaubte ich, dass sie meine Absicht richtig erkannt hatte: ‚Mädchen, du hast verstanden. Dann ist ja alles in Ordnung'.

Trotzdem wollte ich noch einen Versuch starten und sagte zu ihr: „Wenn ich meinen Zug nicht nehmen würde, müssten wir uns etwas einfallen lassen, um den Abend anders zu gestalten".

Ich überlegte: ‚Jetzt hat sie Gelegenheit, mich zu sich einzuladen oder es mir wenigstens zu überlassen, selbst einen konkreten Vorschlag zu machen'.

Sie guckte mich mit schreckensweit geöffneten Augen an und fragte entsetzt: „Was soll das denn heißen?"

Ich fühlte mich ertappt und machte einen Rückzieher: „Ich müsste dann genau wissen, wann der allerletzte Zug fährt und ob ich in H. noch meine Bahn erreiche. Außerdem müssten wir uns dann um ein kleines Abendprogramm bemühen. Das ist nun aber alles zu kurzfristig".

Jetzt blieb sie mir eine Antwort schuldig.

Wir setzten uns auf ein Glas Wein in ein Restaurant. Für mich war die Angelegenheit insofern endgültig abgetan, als ich mit ihr nur noch die Zeit bis zur Abfahrt meines Zuges zu verbringen brauchte. Ich gab mir Mühe, einen guten Abgang zu finden. Es stellte sich sogar eine gewisse Entspannung ein. Eine kleine Hoffnung hegte ich zwar noch, rechnete aber nicht ernsthaft damit: ‚Wenn sie wirklich Interesse an mir hat, könnte sie ja immerhin erwähnen, dass heute Samstag ist und dass ich unter Umständen bei ihr übernachten dürfte. Ich bin zwar nicht sicher, was ich antworten werde, aber es könnte unseren Annäherungsversuchen eine konkrete Richtung geben. Dass sie so etwas aber bisher nicht gesagt hatte, machte mich gleichzeitig zufrieden. Ich konnte mich jetzt völlig gelassen einem ungezwungenen Gespräch mit ihr hingeben. Diesen Wandel bemerkte sie sofort, und er gefiel ihr offenbar sehr, denn auf dem Bahnsteig fragte sie mich: „Werden wir uns denn wiedersehen? Hätten Sie Lust? Könnten wir uns nicht neu verabreden?" Ich hielt das für Höflichkeiten und wollte kein Spielverderber sein.

28

Deshalb sagte ich: „Find' ich gut. Hätten Sie einen Vorschlag? Ja, ich finde auch, dass wir uns noch einmal treffen sollten. Ich kann ja wieder anrufen".

Sie wurde aber konkreter. Das konnte ich nicht einordnen: „Was halten Sie von Sonntag, morgen, oder besser noch, in der Woche, an einem Abend".

Ich: „Ja, das ist gut. Ich melde mich. Ich könnte mich ja um Theaterkarten bemühen, vielleicht klappt es auch für ein Konzert. Wir werden sehen". Sie zeigte sich zufrieden. Ich dachte aber: ‚Warum freut sie sich. Wir wohnen so weit auseinander. Wenn sie wirklich Gefallen an mir findet, könnte sie sich selbst etwas einfallen lassen, um mich bei sich festzuhalten. Sie kann nicht erwarten, dass ich, um sie einmal für eine Stunde in einer fremden Stadt zu sehen, so viel wie heute unternehme.

Ich kann nicht glauben, dass sie es aufrichtig meint. Nein, ich melde mich bestimmt nicht wieder'.

Sie strahlte aber und war guter Dinge.

Als ich an diesem Abend Zuhause war, hakte ich das Erlebnis für mich ab und schrieb es auf das Konto Erfahrung. Ich war nicht bereit, darüber weiter nachzudenken.

Bei ihr war das aber offenbar ganz anders.

Schon am nächsten Tag war sie wieder in der Leitung. Ich war völlig überrascht und unvorbereitet. Weil bei mir aber eine Zeitung mit den Theateranzeigen auf dem Tisch lag, behauptete ich, mich gerade um etwas für uns beide bemüht zu haben und las daraus vor.

Sie: „Ich hätte nämlich einen Vorschlag zu machen. Ich habe zufällig zwei Abo-Karten. Die könnten wir benutzen". Ich fragte nach dem Titel des Stückes und musste ihr ehrlich sagen, dass ich das Stück kannte und es mir außerdem zu problematisch sei: „Das guck ich mir bestimmt nicht noch einmal an. Seien Sie mir bitte nicht böse". Das stimmte wenigstens.

Sie sagte: „Das macht nichts. Ich freu mich immer wenn ich ins Theater kann. Ich geh auch so gerne hin. Vielleicht gefällt Ihnen ein anderes Stück".

„Ja, ich bemühe mich um Karten. Was könnte Ihnen denn gefallen".

Sie erzählte mir, dass sie mit allem einverstanden wäre.

Sie suchte ganz offenbar nach einem Grund für eine neue Begegnung und ich musste mir eingestehen, sie völlig falsch eingeschätzt zu haben. Ich war erstaunt über meine schlechte Menschenkenntnis und über ihre Beharrlichkeit. Ich lenkte also ein und schlug vor, dass wir uns an einem bestimmten Tag in der kommenden Woche bei mir zu einem Bummel an einer Uferpromenade treffen konnten. Sie tat mir ein wenig leid, und ich bewunderte gleichzeitig ihren Mut, mich erneut angerufen zu haben. Das ließ ich durchblicken.

Sie antwortete: „Wenn ich schon zurückrufe, mache ich das natürlich nicht ohne Grund".

Ich antwortete: „In dieser neuen Beziehung, wenn ich es so sagen darf, habe ich es mir ganz fest vorgenommen, Ihnen, als der Frau, völlig die Anregungen für unsere Annäherung zu überlassen. Ich habe sonst und früher vielleicht zu oft gesagt, was gemacht werden soll. Ich finde es gut, wenn Sie Vorschläge haben und machen".

Sie: „Danke. Ich denke aber, dass sie etwas mehr fordernd sein sollten. Sie könnten ruhig mehr auf mich zugehen. Meine Kraft reicht nicht lange für zwei aus".

Das war deutlich. Ich dachte trotzdem: ‚Was sie sagt, widerspricht ihrem Verhalten. Warum ist sie mir sonst aus dem Arm entglitten und warum hat sie mich wohl sonst nicht zu sich eingeladen'.

Es blieb also bei der Verabredung, und sie wurde ein fröhlicher Mensch. Ich hatte ein ungutes Gefühl. Ihre Berührungsangst wog für mich so schwer, dass ich entgegen der Zusage schon sofort nach dem Anruf über eine Ausrede nachdachte. Ein paar Tage hatte ich dafür noch Zeit.

Einen Tag vor dem Treffen bekam ich tatsächlich Migräne. Wenn ich meine Migräneanfälle bekomme, bricht mein Interesse an allen Dingen und Menschen innerhalb von Stunden auf das Notwendigste zusammen.

Am anderen Morgen rief ich sie an und sagte mit wenigen Worten ab. Sie sah das sofort ein und fragte nicht viel nach.

Ich sagte: „Mir ist es peinlich, darüber zu reden, weil es so unglaublich klingt, wenn ein Mann sagt, dass er seine Migräne hat. Bei mir ist es aber so".

Das Gespräch blieb kurz. Es gab auch keine neue Verabredung. Wir trennten uns und ich war sicher, dass die Beziehung nun endgültig beendet sei.

Ich wollte mich andererseits aber nicht so einfach davonstehlen und schrieb einen nüchternen Brief: ‚Zu viele Umstände haben ein intensives Kennenlernen in angemessener Zeit verhindert, so dass ich Sie bitte, mit mir darin überein zu stimmen, unseren gemeinsamen Versuch einer Annäherung abzubrechen'.

Es folgten ein paar Höflichkeiten. Dann hatte ich nur noch das Problem, ihre Anschrift herauszubekommen.

Außer ihrem Namen und ihrem Vornamen, nach dem ich sie bei dem Treffen gefragt hatte und der Stadt, in der sie lebte, wusste ich nichts weiter.

Sie war auch nicht im Telefonbuch verzeichnet: Ich rief deshalb alle namensgleichen Personen in der Stadt an und hatte Glück. Eine ältere Dame kannte sie und sagte mir den Vorort der Stadt in welchem sie wohnte: „Eine Straße brauchen Sie nicht anzugeben. Sie ist da erst kürzlich hingezogen. Der Brief kommt bestimmt an. Sie brauchen keine Sorge zu haben".

Der Brief ging also mit halber Adresse auf Reisen. Es verging eine Woche, da rief sie wieder bei mir an. Ich hatte damit gerechnet und war überzeugt, dass sie Erklärungen zu meinem Brief haben oder abgeben wollte. Den hatte sie aber gar nicht erhalten. Ich konnte das nicht glauben.

Ich fragte nach: „Haben Sie meinen Brief nicht erhalten?"

„Nein, was für einen Brief".

Ich sagte, was ich ihr geschrieben hatte. Sie ging mit keinem Wort darauf ein sondern fragte: „Gibt es eine andere?"

Ich verstand zunächst nicht: „Was für eine andere denn".

Sie: „Eine andere Frau. Dann können wir gleich abbrechen".

Ich lachte kurz auf: „Die gibt es ganz bestimmt nicht. Nein, keine andere Frau. Ich finde nur, dass wir nicht vorankommen. Immerzu kommt etwas dazwischen".

Der Brief schien sie überhaupt nicht zu stören, ja, sie schien ihn nicht einmal zur Kenntnis nehmen zu wollen. Es war für sie so selbstverständlich, dass nur eine andere Frau unsere begonnen Fäden zerstören konnte, dass ich mich von einer Sekunde zur anderen wieder zum Handeln entschloss.

Zu dem Brief sagte sie, als könnte sie ihn damit aus der Welt schaffen: „Wenn die Anschrift nicht stimmt, kommt der nie an". Damit war für sie das Thema erledigt.

Ich sagte: „Ich finde, dass es nicht gut ist, wenn wir uns in fremder Umgebung kennenlernen wollen. Wir sollten uns in unseren häuslichen Verhältnissen begegnen. Wir sollten uns bei mir oder bei Ihnen treffen". Sie war ganz begeistert: „Das finde ich richtig. Man lernt sich dabei besser kennen. Das ist ein guter Vorschlag".

Sie wurde gesprächig und überschlug sich fast: „Ich hatte schon den Eindruck, dass Sie vielleicht zu unentschlossen seien, dass Sie sich eigentlich zu einer neuen Partnerschaft noch gar nicht richtig entschließen könnten".

Es ärgerte mich, dass ich daran erinnert wurde, ihr noch eine Antwort schuldig zu sein.

Ich wollte sie ein wenig dämpfen und sagte: „Ich suche eine Partnerin mit der ich nicht nur Gedankenaustausch pflegen kann. Sie soll in erster Linie eine direkte Beziehung werden".

Ich wurde dann deutlich: „Als Sie neulich meinen Vorschlag, mit dem Abend etwas anzufangen, so weit von sich gewiesen haben, Sie sagten doch: ‚Was soll das denn heißen', hatte ich gedacht, dass Ihnen an einer engeren Beziehung gar nichts liegt".

Sie daraufhin: „Daran kann ich mich gar nicht erinnern. Das habe ich gesagt?"

Sie erinnerte sich wirklich nicht, hatte auch meine Absichten offensichtlich nicht auf sich bezogen. Sie verstand einfach nicht, was ich meinte.

Ich aber dachte: ‚Das kann sie doch nicht vergessen haben. Oder habe ich etwas völlig Falsches in ihre Worte hineingedacht?'

Daraus schöpfte ich neuen Mut und sagte: „Heute ist Freitag, morgen haben wir frei. Ich besuche Sie".

Sie sagte: „Gut und wann werden Sie kommen?"

Ich hatte die Fahrpläne der Züge noch für mich notiert und sagte: „Der Zug fährt um 19 Uhr 20 ab, dann bin ich gegen 20 Uhr 40 da. Vielleicht holen Sie mich ab?"

Sie war sprachlos: „Was denn, heute noch?"

„Ja".

Sie fing sich wieder: „Gut. Und erkundigen Sie sich wegen der Rückfahrt?" Und dann: „Ich freue mich, bis nachher".

Ich dachte: ‚Das hätte nun wirklich nicht kommen dürfen. Aber in Gottes Namen, jetzt ich fahre hin'.

Ich steckte mir eine Zahnbürste in meine Tasche, verzichtete auf das Abendbrot und machte mich auf den Weg. Sie wusste aus unseren Gesprächen, dass ich gegen 19 Uhr normalerweise zu Abend esse. Das fiel nun aus. So hatte sie wenigstens Gelegenheit, eine Kleinigkeit für uns vorzubereiten. Sie empfing mich auf dem Bahnhof. Ich hatte keine Blumen dabei und entschuldigte mich dafür. Sie sagte: „Das macht nichts". Daraus schloss ich, dass sie wohl welche erwartet hatte. Ich konnte nun aber keine herbeizaubern.

Ich sagte zu ihr: „Können wir uns nicht jetzt gleich auf ein Du einigen? Das ‚Sie' finde ich für uns zu unpersönlich. Ich kann mich dann auch viel besser unterhalten".

Sie sagte: „Ja, gerne. Ich werde nur meine Schwierigkeiten damit haben. Ich kann mich so schnell nicht umstellen".

Ich sagte: „Das macht mir nichts. Ich erinnere dich daran". Damit war eine wichtige Schwelle überwunden.

Der Zug zurück würde schon eine gute Stunde später gehen. Es war der einzige und der letzte an diesem Abend. Das fand ich in Ordnung, aber nicht, weil ich meine Enttäuschung über ihre Frage nach der Rückfahrt des Zuges überwunden hatte, sondern weil ich das als ein geschicktes Manöver von ihr verstand, mich letzten Endes notgedrungen bei sich übernachten zu lassen.

Für mich sah der Ablauf des Abends nun so aus: Sie würde mich unter einem Vorwand am Erreichen des Zuges hindern. Sie würde vielleicht sogar Wein trinken und mich nicht mehr zum Bahnhof fahren können und mich bei sich zuhause behalten müssen. Sie war allein, ich war allein. Wir hatten beide gute Absichten und nichts zu versäumen. So war mir das recht. Ich bekam Hunger und malte mir aus, was sie wohl an Kochkünsten zeigen würde.

Wir fuhren also zu ihr in die Wohnung. Es war ein kleines Einfamilienhaus. Das lag weiter außerhalb der Stadt. Sie hatte sich die Abfahrt des letzten Zuges notiert und bat mich, eine Flasche Wein aufzumachen: „Um Essen zu gehen, reicht die Zeit wohl nicht aus".

Wir tranken nur geringe Mengen.

Sie: „Ich muss aufpassen mit dem Wein, wegen des Autofahrens".

Sie hatte also kein Essen vorbereitet.

Sie zeigte mir stattdessen ihre Wohnräume und sagte gleich zu Beginn: „Mein Sohn und seine Freundin sind auch zuhause".

Die stellten sich bald vor. Es waren sehr nette Leute. Ich habe mich eine ganze Zeitlang mit ihnen unterhalten. Beide waren Studenten.

Dann verschwanden sie aber und wir waren allein.

Sie machte keinerlei Andeutungen, dass ich übernachten könnte und nichts in der Richtung, sondern kam überraschend auf meinen Brief zurück: „Der ist zwar nicht eingetroffen, aber was du mir daraus erzählt hast, beunruhigt mich doch sehr".

Pause.

Dann: „Wenn ich mich heute mit dir treffe, zeigt das doch eigentlich ...muss ich noch deutlicher werden?"

Ich sagte ganz unbedarft, weil ich mir nicht denken konnte, worauf sie hinaus wollte: „Ja, Deutlichkeit ist besser als Andeutungen".
Sie sah mich mit langem Blick an. Sie war hilflos. In ihren Augen waren keine ‚Herzchen'. Sie wollte mir nichts versprechen, sondern sich mir nur erklären. Das war mir zu wenig.
Ihre Wohnung war großzügig und sie erklärte vor einer Vitrine ihre Sammelleidenschaft von kleinen geschliffenen, gläsernen Näpfen ohne Deckel. Sie hatte wohl zweihundert Stück davon.
„Die haben mich schon sehr viel Geld gekostet".
Alles, was sie zeigte, war auch ihr Besitz, so dass sie ihr Zuhause mit zufriedener Miene vorführte.
Mir hätten aber nicht die Gläser, das Haus und alles, was sie liebte sondern nur sie selbst Besitz sein können. Ich hätte sie irgendwann lieben können, nicht wegen der Dinge, die sie umgaben sondern einfach ihretwegen. Die Möbel stammten von vorangegangenen Generationen. Sie hatten reiche Schnitzereien in schönem Holz. Alles hatte Wert und zeigte Herkunft.
Es herrschte überall eine fast dörfliche Friedlichkeit.
Ich sagte: „Dies ist eine Umgebung in der ich gerne Urlaub machen würde. Mich überrascht die Ruhe. Von draußen kommen keine Geräusche".
Das hörte sie gerne. Sie schaute mit zufriedenem aber nicht selbstzufriedenem Gesicht zu mir.
Die Zeit war 'rum, wir mussten aufbrechen.
Auf der Fahrt zum Bahnhof fragte sie mich dringend und direkt: „Können wir uns nicht für Sonntag verabreden?"
Ich mochte nicht sofort ‚Nein' sagen und redete drum herum. Sie wollte es aber wissen: „Also ja oder nein".
Ich sah mich in die Enge getrieben und sagte: „Nein, ich möchte nicht". Damit hatte sie nicht gerechnet.
Sie wiederholte: „Nein? Nicht?"
Ich wiederholte: „Nein, ich möchte nicht", und erfand noch einige Ausreden. „Ich habe mir so viel vorgenommen. Nein ich möchte nicht".
Sie wurde ganz still, dachte nach und es schien mir, als würden auch ihre wenigen Bewegungen in Langsamkeit erstarren. Wir kamen am Bahnhof an.
Ich beschloss, ihr eine letzte Gelegenheit zum Handeln zu geben, weil mich ihre Enttäuschung berührte. So wollte ich sie nicht zurücklassen.

Als wir durch die Unterführung zwischen zwei Bahnsteigen gingen, sagte ich: „Warte bitte".

Damit nahm ich sie ruhig in die Arme und küsste sie mit beginnender Leidenschaft auf den Mund. Sie sah mich mit offenen Augen an, als wollte ich ihr ans Leben. Mit meinem Kuss konnte sie überhaupt nichts anfangen. Ich brach ab.

Ich fragte sie: „Wann hat man dich das letzte Mal geküsst?" Sie antwortete: „Das möchte ich nicht sagen".

Ich: „Aha".

Kein weiteres Wort.

Dann waren wir auf dem Bahnsteig und sie wollte nun wissen: „War es das, was du letztes Mal meintest?"

Ich war aufrichtig: „Ja".

Sie stand erschüttert vor mir und tat mir leid. Ich nahm ihren Kopf noch einmal in meine beiden Hände und küsste sie ein zweites Mal. Es war vergebens. Da kam nichts.

Ich stand in der Zugtür und hatte meine linke Hand auf dem Handgriff.

Sie reichte jetzt vom Bahnsteig mit ihrer Hand zu meinem Handrücken hinauf, streichelte ihn mit einem Hauch ihrer Fingerspitzen und flüsterte fast: „Meldest du dich wieder? Es wäre so schön. Es ist so schwer, jemanden zu finden, der zu einem passen könnte. Dir hat es bei mir doch auch gefallen. Melde dich bitte".

Die Tür wurde automatisch zugedrückt. Der Zug fuhr an. Ich winkte zu ihr hinaus und sie winkte zurück.

Zuhause stellte ich meine Zahnbürste wieder ordentlich in den Becher und legte auch das schmale Heft mit den Kondomen in die Schachtel zurück. So endete meine zweite Begegnung mit tiefen Spuren von Zwischenmenschlichkeit und Sympathie für eine Frau, die ich mir nicht zu erschließen vermochte.

Während der ganzen Zeit hatte ich sie nicht ein einziges Mal mit B. verglichen. Sie hätte sich in allem mit jeder anderen Frau messen können. Das war ihr aber bestimmt nie in den Sinn gekommen. In ihrer Angst: ‚gibt es eine andere Frau?', hatte sie preisgegeben, dass sie lieber den Rückzug antreten würde, als sich zur Konkurrentin machen zu lassen. Immer wieder dachte ich an dieses sanfte Wesen.

Es war zu schade, dass ich sie durch meine Küsse nicht hatte wecken können, dass ich sie womöglich und im wahrsten Sinne des

Wortes damit völlig überfahren hatte. Wie wäre sie vielleicht noch enttäuscht, wenn ich ihr im intimen Umgang statt Zärtlichkeit leidenschaftliche Heftigkeit entgegengebracht hätte.

5

Ich hatte B. in guter Absicht eine Osterkarte gesandt. Darauf standen wenige aber freundliche Worte: ‚Ich wünsche dir ein frohes Osterfest'. Weil ich ihr eine kleine Aufmunterung zukommen lassen wollte und weil sie vielleicht sonst von niemandem ein Ostergeschenk erhalten würde, hatte ich meine Kinder aufgefordert, ihr Blumen hinzustellen.

An meine Karte, die in einem Briefumschlag war, steckte ich, einfach durch das Papier hindurch, eine kleine handbemalte Porzellanbrosche. B. liebte Broschen und welche sie besonders mag, weiß ich genau.

Auf meiner Karte stand noch: ‚Ich hoffe, dass du dich über das kleine Osterei freuen kannst'.

So ganz uneigennützig war mein Geschenk natürlich nicht, sondern ich gedachte sie damit ein winziges Stückchen zurückgewinnen zu können. Eine weitläufige Freundin, die ich kurze Zeit später anrief und der ich davon erzählte, sagte sofort: „Geschenke nützen da gar nichts. Die sind eigentlich sogar falsch".

Ich fragte nach: „Was soll ich schon denn um Gottes Willen tun. Sie redet ja nicht mal mehr mit mir".

„Sie hat bestimmt Angst vor ihrem eigenen Mut und davor, dass Sie sie wieder mit Beschlag belegen. Mir hätte damals nur eines geholfen, nämlich wenn ich gesehen hätte, dass mein Mann ein ganz klein wenig auf mich eingegangen wäre. Der kleinste Schritt hätte ausgereicht. Aber das hat er ja nicht gemacht. Geschenke nützen da gar nichts".

„Also hab' ich schon wieder einen Fehler gemacht?"

„Ob das ein Fehler ist, weiß ich nicht, aber es nützt eben nichts".

Sie behielt recht. Ich bekam einen gestelzten Brief zurück. Den brachten meine Kinder beim nächsten Besuch mit. Der warf mich völlig zurück. Er stürzte mich erneut in Hoffnungslosigkeit. Ich hatte mir schon hundert Mal gesagt, dass ich B. nun endlich so annehmen sollte, wie sie sich gab, dass ich sie nicht ändern konnte. Das war aber alles umsonst.

Sie schrieb: „Mit deinem Geschenk hast du ganz genau meinen Geschmack getroffen". Diesen Satz konnte ich schon so nicht hinnehmen. Das war nicht ihr Sprachgebrauch. Der wäre gewesen: ‚Dein Geschenk hat mir gefallen', oder ‚vielen Dank für die Brosche, ich weiß auch schon wozu ich sie tragen könnte', oder so ähnlich.

Sie fuhr fort: „Ich werde aber Probleme mit dem Tragen haben, denn die Brosche ist die Trägerin einer Hoffnung, die ich nicht erfüllen kann". Das ließ keinen Silberstreif erkennen.

Auf der Rückseite folgte noch ein Satz: „Vielen Dank für den Osterstrauß. Grüße, B."

Dass sie ‚Grüße' und nicht nur ‚Gruß' schrieb, war ein Fortschritt. Der letzte Satz waren wieder ihre eigenen Worte. Sie konnten mich aber nicht über ihre Absage und die Aussichtslosigkeit, uns irgendwie näher zu kommen, hinwegtäuschen. Sie hatte mir nicht einmal Ostergrüße gesandt. Das empfand ich als ganz ungewöhnlich, schmerzlich, fast beleidigend.

Das musste einen Grund haben. Drei Möglichkeiten kamen meiner Meinung nach in Frage.

Erstens, sie hatte sie einfach vergessen. Das konnte ich mir von ihr nicht vorstellen. Sie würde nicht eine Osterkarte schreiben, ohne Ostergrüße darauf zu vermerken. Dafür war sie viel zu umsichtig.

Zweitens, sie konnte so durcheinander sein, dass sie das Fehlen eines Grußes einfach übersehen hatte. Das mochte vorkommen, hielt ich aber für kaum möglich.

Die dritte Möglichkeit, und die hielt ich für die wahrscheinlichste, war, dass sie die Grüße mit Absicht weggelassen hatte. Wenn das stimmte, musste ich mich natürlich sofort nach den Gründen dafür fragen. Ich müsste herausbekommen, warum sie einen so harmlosen Gruß unterlassen hatte. Darauf gab es nur eine einzige Antwort: sie hatte ein schlechtes Gewissen.

Ihr schlechtes Gewissen wiederum konnte ich mir nur erklären, wenn ein anderer Mann im Spiel wäre, und den gab es tatsächlich. Das war unser ehemals gemeinsamer Freund. Der durfte bei ihr immer noch kommen und gehen, wann er wollte. Von ihm selbst wusste ich, dass er B. liebte: „Je mehr ich mit ihr zu tun habe, desto stärker werden die gemeinsamen Erlebnisse". Er hatte noch gesagt: „Dass ich sie sehr gern' habe, gebe ich zu", und weiter, „sicherlich will sie irgendwann auch klare Verhältnisse haben". Zu dem Punkt hatte B. mich wissen lassen: „Scheidung? Damit hab ich's nicht eilig". Das glaubte ich ihr auch. Das schob ich auf ihre Religiosität, das lag nahe. Ihm musste ich deshalb unterstellen, dass er sein eigenes Wunschdenken formulierte, und das verriet mir seine Absichten. Meine Frau wusste das alles auch. Ich hatte ihr davon erzählt. Ich wusste jedoch nicht, wie es in ihrem Herzen aussah. Dort, so hoffte ich, würde sie mir einfach die Treue bewahren.

Die Freundin befragte ich nach ihrer Meinung.

Die sagte: „Ich wäre damals gar nicht in der Lage gewesen, eine neue Beziehung einzugehen. Wenn Ihre Frau den Freund allerdings mag, dann ist es wohl ziemlich aussichtslos. Dann können Sie nichts machen. Ich habe die ganzen nächsten Jahre jedenfalls allein gelebt".

Dem war nichts hinzuzufügen. Den einzigen Grund, warum B, ein schlechtes Gewissen hätte haben können, wollte ich aber nicht wahrhaben: Untreue meiner Frau war mir unvorstellbar.

Ich litt noch schlimmer als zuvor unter der Trennung und hätte besser daran getan, diesen Umstand anzunehmen, den Gedanken, dass B. Unabänderliches tat, dass sie wusste, was sie tat, als mich dauernd mit Wünschen und vagen Möglichkeiten über Gegebenheiten hinwegzutäuschen. Schlimmstenfalls sollte ich jedenfalls davon ausgehen, dass sie mit dem Freund doch eine enge Beziehung hatte.

Dem Freund hatte ich, in versöhnlicher Absicht, ebenfalls einen kurzen, harmlosen Ostergruß zugesandt. Dabei dachte ich: ‚Sollte er darauf antworten, ist alles zwischen ihm und mir in Ordnung. Ich will diese Freundschaft nicht für alle Zeiten zerstört wissen, nur weil letzten Endes eine Frau dazwischen steht'.

Ich war sicher, dass er das so verstehen und entsprechend antworten würde. Ich machte aber wieder völlig falsche Annahmen.

Seine Antwort blieb aus. Es kam nichts, keine Karte, kein Anruf.

Ich war gezwungen, mir auch darüber Gedanken zu machen und kam zu dem Schluss, dass das und der fehlende Gruß von B, in verhängnisvoller Weise meine Befürchtungen bestätigten. Beide schienen ein schlechtes Gewissen zu haben. Beide schienen durch ihr Unterlassen Tatsachen schaffen zu wollen.

Da nützte es nichts, mir einzureden, dass B. nicht gesund sei. Die beiden wollten mir ganz offenbar die Augen öffnen.

Meine Frau rief mich nicht mehr an. Das beunruhigte mich noch mehr, brachte mich in Wut, die ich nicht haben wollte, und ließ den Wunsch nach Klarheit auch in mir wachsen.

Es drängte mich tagelang, mich bei ihr zu melden und sie zu befragen. Ich zwang mich nur mühsam zu Geduld, und lenkte mich mit allem Möglichen ab. Immer wieder war ich es gewesen, der zu ihr Verbindung aufgenommen hatte. Immer wieder war ich es gewesen, der gehandelt hatte, und dem Vorsatz, nichts mehr zu tun, sie in Ruhe zu lassen, untreu geworden war. Von ihr war kaum etwas gekommen.

Wenn ich außerdem an unser Treffen auf ein Glas Wein dachte, und daran, dass es ihr hinterher so schlechtgegangen war, bekam ich noch zusätzliche Bedenken, ob ich nicht wirklich schwere Fehler damit machte, sie immer wieder anzurufen.

Ich rechnete mir schließlich aus, wie viel Zeit seit meinem letzten Anruf vergangen war. Ich konnte fast auf stolze drei Wochen zurückschauen. Sie müsste einen neuen Anruf verkraften können.

Ich zögerte trotzdem und machte ihn abhängig von einem dreimaligem Klingeln. Würde sie bis dahin nicht abgenommen haben, dann sollte es nicht sein. Würde sie sich aber melden, dann würde ich mit ihr reden.

Diesen Entschluss fasste ich mittags gegen halb zwölf. Bis halb drei ließ ich es alle dreißig Minuten und jedes Mal sechsmal bei ihr klingeln. Dann nahm sie endlich ab.

Dass ich ihre Stimme hören konnte, war für mich schon wieder süßes Vergessen aller Leiden. Es hätte gereicht und ich hätte nichts mehr mit ihr zu besprechen brauchen. Ich schwieg einen Augenblick und genoss, so dass sie sich schon fast ein zweites Mal melden musste. Dann gab ich Bescheid.

Ich fragte: „Wie geht's dir?"

„Ganz gut. Es geht so. Und dir?"

Wie ging es mir? Was sollte ich sagen.

Also: „Es geht so, wie es geht, glaub ich. Ich hatte gehofft, dass du dich melden würdest, aber ich höre und höre nichts von dir. Machst du das mit Absicht? Auf deiner Osterkarte stand nicht einmal ein Ostergruß für mich".

Ich hatte mir so fest vorgenommen, ihr keine Vorwürfe zu machen und war schon wieder mitten drin.

Sie fragte: „Bist du bei meinem Arzt gewesen?"

Ich: „Hat er dir nichts erzählt? Das hatte er mir fest versprochen. Das kann doch nicht sein".

B.: „Ich war Dienstag bei ihm, da hat er mir nur ganz kurz davon erzählt".

Ich: „Dann weißt du doch, dass ich da war. Warum fragst du denn dann danach. Das versteh' ich nicht. Du weißt, dass ich da war und fragst mich, ob ich da war? Na, ist auch egal. Was hat er dir denn über den Besuch erzählt?"

B.: „Eigentlich nur, dass er meinte, dass du einen großen Teil dessen, was er dir erzählt hat, wohl ganz richtig verstanden hättest".

Ich: „Er hat mir gesagt, dass es das Beste ist, wenn ich so wenig wie möglich mache, dass ich dich am besten ganz in Ruhe lasse".

„Ja, das hat er mir auch gesagt".

„Das kann ich aber nicht. Hast du dir eigentlich vorgenommen, kein Wort mehr mit mir zu wechseln? Hast du dir geschworen, nicht mehr mit mir zu sprechen? Du redest dauernd davon, dass wir uns keine Schuld geben sollen, aber mit allem, was du tust, bestrafst du mich immerzu. Ich erfahre nichts mehr von dem, was Zuhause passiert. Warum hast du mir nicht einmal Ostergrüße zukommen lassen. Weißt du das? War das Absicht? Sag mir das bitte".

B.: „Ich hätte es unfair gefunden".

So, wie sie das sagte, hatte es nichts mit dem schlechten Gewissen zu tun, von dem ich ausgegangen war. Dafür sagte sie das zu frei, sprach es zu offen aus.

Vielmehr hörte es sich an, als hätte sie ein schlechtes Gewissen wegen der Misere, dass sie sich für das verantwortlich fühlte, was sie mir angetan hatte. Da hätte es wirklich nicht hineingepasst, mir auch noch fröhliche Ostern zu wünsche. Dafür hatte ich Verständnis, dafür hätte ich sie umarmen können. Ich sagte: „Da bist du wenigstens ehrlich".

Sie verstand das wohl als meine aufrichtige Meinung, denn sie erwiderte nichts. Ich sagte: „Dein Arzt war mir gegenüber unehrlich. Er hat etwas vor mir verborgen. Ich weiß nicht, ob es dich betraf oder was er mir nicht sagen wollte. Von mir hat er gesprochen, als ob er mich kennen würde. Dabei war ich doch das erste Mal in seiner Praxis".

Sie: „Hat er 'was über mich gesagt?"

Ich: „Nein, über dich hat er nichts gesagt. Nur, dass die ganze Sache weit zurückreicht. Er hat mir eine Geschichte erzählt, wonach eine Überlagerung von Rollen über Jahre stattgefunden hat: Kind, Mutter und Vater, alles in einem. Ich habe ihn aber gefragt, ob du krank bist, ob es dir gesundheitlich schlecht geht. Er hat gesagt: ‚Ja, Ihre Frau ist seelisch und körperlich krank'. Ich meine nur, wenn du krank bist, kann ich dich doch nicht so behandeln, als wenn du gesund wärest. Bist du krank? Bekommst du Medikamente?"

B.: „Ich bin psychisch ganz schön durcheinander. Ich bekomme von ihm natürliche Mittel. Naturheilmittel".

Ich: „Ich habe zu ihm gesagt: ‚Wenn meine Frau krank ist, dann muss ich doch erst einmal alles Erdenkliche tun, um ihr wieder zur Gesundheit zu verhelfen. Sagen Sie mir bitte, was ich machen soll'. Da hat er dann gesagt: ‚Je mehr sie nichts tun, desto mehr tun sie in Ihrer Sache'. Weißt du, ich war mir immer sicher, dass du von mir erwartest, dass ich dich dauernd erobern müsste".

B.: „Was? Die ganze Ehe schon?"

„Ja, ich sag es dir ganz ehrlich. Das habe ich gedacht. Wenigstens das letzte halbe Jahr. Von mir habe ich dasselbe erwartet".

Sie: „Und warum?"

Ich: „Was weiß ich. Vielleicht weil ich so erzogen bin, und ich bin sicher, du auch. Du hast mich doch immer in dieser Meinung bestätigt. Immer hast du mich handeln lassen. Auch jetzt wieder muss ich dich anrufen, um etwas zu erfahren. Ich muss etwas tun und laufe Gefahr, gegen deinen Willen etwas zu unternehmen. Das wollte ich aber nicht mehr tun. Das war ja wohl gerade das Verkehrte. Das war doch das Falsche, oder?"

Sie sagte: „Du warst immer der Jäger und ich war immer das Wild. Hast du doch selbst gesagt".

Ich: „Du hast nie etwas anderes verlangt. Aber so habe ich es trotzdem nicht gesagt. Ich habe gesagt, dass du die Sammlerin bist und dass ich der Jäger bin. So stimmt es".

B.: „Ich habe dir so oft gesagt, dass ich mich als Gejagte fühle, darauf hast du keine Rücksicht genommen. Du fandst das auch noch gut".

„Ich sage dir ja, dass ich der Meinung war, dass du in allem von mir erobert werden wolltest. Damit hängt das zusammen. Du kannst mir glauben, dass ich das jetzt begriffen habe. Ich möchte, dass du mir das glaubst. Sag mir bitte noch, was es in der Familie gibt. Gibt es 'was Neues?"

Sie rappelte jetzt, als ob ihr die Zeit davonliefe herunter: „Für das Geld, das du mir zu viel überweist, habe ich auf deinen Namen ein Konto eingerichtet".

Ich dachte sofort: ‚Das macht sie schon wieder in Vorbereitung auf eine Scheidung, um ja abgesichert zu sein, dass sie nichts zurückzahlen muss, sie macht es auf die Möglichkeit einer Versöhnung hin, dass sie dann sagen kann, sie hätte schon zu Zeiten, als ich noch gar nicht damit rechnen konnte, bereits wieder an unsere Zukunft gedacht. Sie war eine Frau mit zwei Gesichtern. Das fiel mir immer wieder auf. Ich sagte ganz spontan: „Dann kannst du doch gleich meine ganze Kasse wieder übernehmen". Das hätte ich zu gerne gehabt.

Darauf lachte sie. Es war das erste Mal seit Monaten, dass ich sie wieder lachen hörte. Das machte mich zum drittenmal in diesem Gespräch glücklich.

Sie: „Nein, nein, mein Lieber. Daraus wird nichts. Der Kleine muss selbständig werden. Das musst du lernen".

Ja, das war ihre Sprache, so konnte ich sie verstehen.

Aber es half kein Jammern: „Weißt du, wie mein Konto aussieht?" Das interessierte sie: „Wie denn. Hast du Schulden? Sag' wie viel? Na, sag's schon".

Ihre Neugier war typisch.

Ich: „Nein, ich sage nichts dazu. Ich finde nur, du könntest mein Konto wieder führen. Nein, ich sag's dir nicht".

Sie: „Ich schick dir das neue Sparbuch 'rüber. Dann hast du etwas zum Abheben".

Ich schrie fast in den Hörer: „Nein! Auf gar keinen Fall".

Ich dachte: ‚Die erste Verbindung, die sie wieder aufgebaut hat, egal aus welchem Grund, werde ich doch nicht wie ein dummer Junge zerstören. Sie soll ruhig weiter für mich sparen. In Gelddingen hat sie den Appetit, während er mir vergeht'.

Sie antwortete ein wenig trotzig und ein wenig stolz und sehr zurückweisend: „Dann eben nicht".

Sie sagte in ihrer Gehetztheit noch, dass einer unserer Söhne in ärztlicher Behandlung sei: „Der Arzt hat bei ihm Geschwüre im Darmtrakt festgestellt". Das verschlug mir völlig den Atem. Ich wusste, warum er die bekommen hatte. Der Junge machte sich Sorgen um seine Eltern.

Schuld über Schuld, gemischt mit ohnmächtiger Wut, stiege in mir auf, Der Telefonhörer in meiner Hand wurde schwer wie Blei.

Sie fragte dreimal, viermal nach, ob ich noch am Apparat sei, aber ich konnte nicht antworten.

Sie erzählte und erzählte und überbrückte, um ja keine Unterbrechung aufkommen zu lassen. Das half mir aber alles nicht. Einmal fragte ich dazwischen: „Wieso erfahre ich nichts, warum sagt mir keiner was los ist. Das kann und kann ich nicht begreifen".

B.: „Ich hatte mich nicht getraut, dich anzurufen. Nach unserem letzten Treffen hatte ich solche Angst, weil ich dachte, dass du mit mir nur eine neue Beziehung beginnen willst. Deswegen hatte ich wirklich schlaflose Nächte. Glaub' mir das bitte".

Ja, ich glaubte ihr.

Ich war unendlich müde und traurig: „Erfahr' ich denn von nun an, wie es weitergeht, rufst du mich von nun an wenigstens an?"

B.: „Ja, das mach ich".

Ich: „Bestimmt?"

Sie: „Ja, bestimmt, wenn ich mit dir so reden kann, wie jetzt, bestimmt". Ich verstand sie nicht mehr. Was sollte das nun wieder heißen. Ich war zu sehr durcheinander. Ich schwieg nur noch. Mir standen Tränen in den Augen. Ich musste das Gespräch abbrechen und sagte in einen ihrer Sätze hinein: „Tschüss".

Sie schwieg, sprach dann doch schnell noch etwas hinterher. Das konnte ich aber nicht mehr verstehen. Der Hörer fiel schon in die Gabel.

Ich war allein in meinem Büro und konnte mich gehen lassen. Ich warf meine Arme quer über den Schreibtisch und weinte die ganze Verzweiflung darüber, dass mein Sohn unseretwegen krank geworden war, und meine ganze Wut darüber, dass man mich die wichtigen Dinge aus unserer Familie nicht erfahren ließ, mich nicht mehr in das Familiengeschehen einbezog, auf die Schreibunterlage.

Es ist gut, dass der Mensch nicht immerzu leiden kann. Meine Tränen erzeugten auf dem Kunststoff einen so widerwärtigen Geruch, dass ich mit dem Kopf hochkam, mich zusammenriss, und mir die einfache Frage stellte: ‚War das Gespräch ein Erfolg oder war es ein Misserfolg'.

Abgesehen von meinen schwachen Nerven konnte ich mich nicht beklagen. Ich hatte mich dreimal in glückliche Zeiten zurückgesetzt gefühlt. B. hatte nicht mehr, wie sonst, alles stur abgelehnt, sondern einen Einfall, der uns beide betraf, in die Tat umgesetzt. Sie hatte das Sparbuch sogar eingerichtet, ohne mich um Erlaubnis zu fragen. Dabei war es gleich, mit welchen Gedanken sie das begonnen hatte. Alles in allem hätte ich sogar ein wenig stolz auf sie sein können.

Die Einschätzung mochte völlig falsch sein. Sie half mir aber, die Dinge in dem Hauch eines schwachrosaroten Lichtes zu sehen. Sie verhalf mir, selbst auf die Gefahr hin, dass ich mir alles nur einredete, zu einem größeren Abstand und zu etwas mehr Freude am Leben. Die wollte ich zu genießen versuchen.

6

Ein Bekannter sagte: „Wenn es mir schlecht geht, gehe ich in die Stadt und schau mir schöne Frauen an".
„Und was machst du, wenn es dir gut geht?"
Er sagte: „Dann erst recht".
Es tat wohl, festzustellen, dass ich an dem Humor anderer Leute wieder Gefallen fand. Schöne Frauen gab es in der Stadt und dort an der Uferpromenade. Wenn das Wetter morgen so gut sein würde wie heute, würde ich hinfahren und meine Augen offen halten.
Am nächsten Tag war stürmisches Wetter. Meine gute Laune war verflogen, ich machte aber aus Vernunftgründen, weil ich es mir nun einmal vorgenommen hatte, meine Absicht wahr.
Auf dem kleinen Binnenwasser wurde eine Segelbootregatta gefahren. Das gefiel mir. Die Boote hatten angenehme Formen, lagen geschmeidig im Wasser vor dem Wind. Sie waren noch weit draußen. Hier in der Nähe des Ufers, vielleicht zweihundert Meter entfernt, war die Wendemarke, die wichtigste Stelle der ganzen Fahrt. Hier mussten die Segler zeigen, was sie konnten. Hier konnte man den Gegner aus dem Wind drängen, hier konnten schwere Fehler gemacht werden, wenn man nämlich, anstatt ein zügiges Wendemanöver durchzusegeln, zur ‚Halse' gezwungen wurde. Dann ging das Boot mit dem weitausladenden, freischwingenden Segel durch den Wind. Das ließ das Segel schlagartig von der einen Seite über die Köpfe der kleinen Mannschaft hinweg auf die andere Seite des Bootes fegen. Wurde man davon überrascht, konnte es leicht das Ende der Regatta, das Kentern des Bootes bedeuten. Ich blieb stehen, um zuzuschauen. Vor mir, an einem Steg, lagen weitere Boote. An denen waren keine Segel hochgezogen.
Diese Bootskörper machten die unruhigen Wellenbewegungen mit und pendelten ruckartig hin und her. Manchmal kamen sich die Mastspitzen gefährlich nahe. Metallseile stiegen an ihnen auf, die wurden vom Wind mit klatschenden, metallischen Tönen gegen das Gestänge gepeitscht. Es war fast eine harte Melodie darin, in welcher die Lautstärke der Schläge gleich blieb. Mit ihrer gewaltsamen Unregelmäßigkeit zwangen sie mich zum Hinhören.
Die Boote schienen die Bewegungen und Geräusche gegen ihren Willen an sich passieren und entstehen lassen zu müssen. Sie schienen sogar, wenn sie sich aufrichteten, dagegen ankämpfen zu wollen. Dann wieder lagen sie für wenige Sekunden in völliger Teilnahmslosigkeit in einer Windstille. Nicht die kleinste Bewegung,

nicht das geringste Geräusch entstand, bis neue Unruhe sie wieder überfiel. Die Boote kamen vorne hoch, dann hinten, schienen Widerstand zu leisten, einer Gewalt an sich mit der gleichen Gegenkraft ausweichen zu wollen. Es waren wilde Spiele, die mir Spaß machten.

Zwei Boote, die am Rennen beteiligt waren, schlugen draußen um. Die Besatzungen kletterten schnell auf die Rücken der nach oben gedrehten Bootskörper und versuchten sie irgendwie zurückzudrehen. Es waren Untergänge, die nur die Segel untertauchen ließen. Als Boote schließlich an die Wendemarke kamen, begannen sie, sich gegenseitig die Vorfahrt nehmend, so stürmisch wie möglich um sie herum zu fahren.

Die viel zu schrägen Segel vermittelten ein eigenwilliges Gefühl von Gefahr, ein Gefühl von Atemlosigkeit, die Lust, an einer Gefährlichkeit teilnehmen zu können, mich in ihr zu befinden, ohne in ihr handeln zu müssen oder zu wollen.

Mitten in diesen fast sinnlich erlebten Reizen leistete ich es mir, mich abzuwenden, und nach den großen Wiesenflächen in meinem Rücken umzudrehen. An deren Rand standen Bäume in voller Blüte. An ihnen wuchsen ungeheure Mengen rosaroter Blüten. Es waren Doppelblütler, Tausende von winzigen Tänzerinnenröckchen, die ineinander steckten, das Auge verführten und verwirrten.

Ich ging ganz nahe an sie heran, mit den Geräuschen des Wassers, des Windes, der Segelboote im Rücken, immer näher, noch näher, bis meine Wimpern die kleinen Beinchen, die aus den Blütenkelchen herausragten, berührten. Gleichzeitig roch ich den süßen Duft. Den und alles um mich herum würde ich nicht lange ertragen können. Ich wartete auf einen Schmerz. In meinem Rücken belauschte ich, wie in einer Art Selbstbetrug, wieder die Boote. Sie waren fast körperlich wahrnehmbar ganz nahe am Ufer. Das ließ mich herumfahren und erneut zu ihnen schauen. Sie waren zum Anfassen nahe herangekommen. Geräusche brachen aus dem Wasser und aus den Segeln. Von dort kam ein sirrendes, vibrierendes Zittern. Der Wind fegte über die weißen Stoffe und ließ an den Rändern, wo er sie nicht prall genug füllte, das eigenartige Sirren entstehen. Es hörte sich an, als müssten sie jeden Augenblick davon zerfetzt werden.

Einige Boote waren viel zu weit über die Wendemarke hinausgeschossen und bis in die unmittelbare Ufernähe geraten. Dort erst gelang ihnen das Manöver. Ich glaubte, sie berühren zu können.

Der Wind in den gewölbten Segeln drängte die Bootskörper voran, zog alles Gestänge hinter sich her, wurde, so in Fahrt, zu großen weißen Händen, die auf den Rundungen lagen und schoben und schoben und schoben.

An einigen Booten wurde zusätzlich ein übergroßes Vorsegel aufgezogen. Sie standen vor den Hauptsegeln als Galionsfiguren. Sie wurden zum selbständigen Körper an den Booten, sie wurden zu Booten an den Booten. Sie verlangten nach Bewunderung. Man sah sie vom Ufer aus mit Stolz. Die Vorsegel hatten leuchtende, krasse Farben. Sie mussten weithin auffallen. Die Menschen auf der Promenade sahen die erst immer größer werdenden Reiter auf sich zukommen und dann in rasender Eile als himmelsteigende Ballone zu winzigen Punkten in der Ferne zusammenschrumpfen.

Ich war begeistert. Ich war bereit Beifall zu spenden und hielt den Atem an, als der Wind von einem Augenblick zum anderen aus den riesenhaften roten, blauen, gelben Wölbungen fiel und sie zu schlaffen Säcken werden ließ. Ich musste zusehen, wie die eben noch runden Kissen in sich zusammenfielen und empfand es als eine Sekunde der Peinlichkeit. Mehr noch, es wurde mir zu einer mich persönlich verletzenden Entblößung, die dann jedoch sofort in eine trotzige Genugtuung umschlug.

Der Wind fiel erneut in die Segel, dass sie anschwollen, wie Frauenröcke über einem Luftaustritt mitten in einer Straße, und meine Begeisterung kehrte zurück. Einige der Zuschauer waren so mitgerissen, dass sie tatsächlich klatschten. Das konnten die dort draußen niemals hören. Zwischen den Booten schwammen Enten und Tauchervögel, die hier selten zu sehen waren. Sie wurden vom Wind und den Wasserströmungen abgetrieben oder festgehalten. Einige Schwäne konnten sich besser behaupten. Sie blieben in Ufernähe. Die Boote waren für die Tiere scheinbar keine Gefahr. Mit den Schwänen verband mich eine geheime Sehnsucht, nämlich die Sehnsucht nach einer Sehnsucht selbst.

Sie brachten mir die Erinnerung an ein Märchen, das ich gerade gelesen hatte.

Die hochgestellten Flügel über ihren Rücken, wurden zu Lauben mit vielen Öffnungen, in denen ich mich mit der herbeigesehnten Verkörperung meiner Sehnsucht nach einer Sehnsucht zu befinden schien.

Ich gab mich diesen Gedanken weitschweifig hin. Die Ruhe der Schwäne, trotz der heftig bewegten Boote um sie herum, trotz des heftigen Windes, der Regenschauer und der Zuschauer in ihrer Nähe, bescherte mir eigenwillige Bilder. In Gedankenspielen sah ich wehende Frauenhaare, sich umschlingende Frauenarme, ohne wirklich Gestalt anzunehmen. Es war eine Empfindung für deren Dasein, die Sehnsucht, mich danach sehnen zu dürfen.

Ich sah den Tieren lange zu.

An diesem Tag hatte ich mit noch gar keinem Menschen ein einziges Wort gewechselt. Ich schaute deshalb oder auch zufällig hoch und wurde in demselben Augenblick von einer Frau gegrüßt, die ich aus dem Büro kannte. Ich war erschrocken über den Zusammenhang zwischen meinem Gedanken und dem sofortigen Aussprechen eines Wortes, als ich den Gruß erwiderte.

Es kam mir vor, als hätte mich jemand belauscht und machte sich einen Spaß daraus, mir diesen Wunsch, falls es einer gewesen war, sofort zu erfüllen oder die Beschwerde, falls es denn eine solche gewesen sein sollte, sofort zurückzuweisen. Nach etwa zwei Stunden kehrte ich heim.

Auf der Rückfahrt saß ich einer jungen Frau gegenüber. Sie gefiel mir und ich erkannte und erinnerte an ihr die vielen Formen, Linien und Bewegungen, die ich auf dem Wasser, an den Booten, in den Masten, in und an den Segeln und besonders in den Schwänen gesehen hatte. Das erfüllte mich noch mehr mit Freude und ich überließ mich wunschlos den verschwenderischen Vorstellungen in der Verwirklichung meiner Sehnsucht. Es fiel mir dabei auf, dass ich mich auf meinem Spaziergang überhaupt nicht nach Frauen umgesehen oder nach ihnen Ausschau gehalten hatte. Das war eine Entdeckung, die mich sehr überraschte. Jetzt, im Moment, trauerte ich dem zwar nicht nach, aber die Feststellung beunruhigte mich auch. Bestimmt hatte daran nicht eine Unlust am anderen Geschlecht die Schuld. Ich dachte, dass ich vielleicht alles aus viel zu großem Abstand wahrgenommen hatte, dass ich noch weit, weit entfernt war von eigennützigen Gefühlen, von Eigenliebe und dem Bedürfnis, mir etwas Gutes zu tun.

Ich handelte und dachte offenbar noch lange nicht für mich, aus Lust an mir oder Freude sondern schien ganz von Anfang an neue Erfahrungen damit machen zu müssen. Das erschütterte mich geradezu und ließ mich, als ich zurückdachte, die Begegnung mit G., der zweiten Anruferin, in einem ganz anderen Licht sehen. Was ich ihr alles an Versagen angedichtet hatte, war nur in meiner Phantasie Wirklichkeit. Welcher Mann hätte sich schon von einer Frau verletzt fühlen können, wenn die, von ihm mit einem Kuss überfallen, darauf nicht überschwänglich reagieren würde. Das wäre doch nicht unnormal. Zu jeder anderen Zeit hätte es mich gereizt, erst recht nicht aufzugeben, sondern sie umso heftiger zu umwerben. Ich hatte auch bestimmt falsch daran getan, sie nicht weiterhin mit allen Mitteln für mich gewinnen zu wollen. Ich hatte sicher übersehen, dass sie sich um Wege bemühte, mit mir in Kontakt zu bleiben. Sie hatte dabei ihre Scheu überwunden und das hätte ein gewisser Liebreiz an ihr werden können. Das war mir nicht bewusst geworden. Das verstand ich erst jetzt. Ich dachte, dass ich noch gar nicht aufnahmefähig, noch gar nicht in der Lage war, eine enge Beziehung einzugehen und tiefe Gefühle zu empfinden oder sie gar zu erwidern. Wie arm musste ich dran sein.

Die Liebe zu G. nicht wirklich angestrebt haben zu können, war schon eine schlimme Erkenntnis. Festzustellen aber, dass ich ihre Liebe nicht an mich hatte herankommen lassen wollen, sie nichts für mich hatte tun lassen, traf mich schwer. Traurigkeit und Trostlosigkeit machten sich breit.

Ich dachte: G. wird mit der Gabe vieler Frauen die Situation gefühlsmäßig erfasst haben. Sie wird erkannt haben, dass der Zugang zu mir versperrt und nur mit meiner Hilfe zu finden und zu öffnen war. Deshalb ihre Rückrufe, ihre Anhänglichkeit und ihre Geduld. Sie wollte sich die Möglichkeit einer Annäherung, einer beginnenden Liebe nicht nehmen lassen. Sie wusste, wie schwer es war, einen Gleichgesinnten zu finden. Sie setzte deshalb alles daran, mich auch unter Verletzung ihrer eigenen Empfindlichkeit, für sich zu gewinnen. Sie hoffte auf eine Änderung meiner Gefühle, die sie, wenn sie nur Zeit gewänne, an mir herbeiführen würde. Dem hatte ich mich erst vorsichtig und dann immer heftiger entzogen. Trotzdem hätte ich ihr raten, ihr meinen wunden Punkt nennen können: nur ihre dauernde Nähe hätte mich beeinflussen können. Ihre körperliche Anwesenheit hätte mich in kürzester Zeit aufgeschlossen und alles Gewesene vergessen lassen können.

Das wusste sie nicht, das hätte sie nur erahnen können. Aber selbst wenn sie von sich aus auf den Einfall bekommen wäre, hätte sie sich damit eigene größte Probleme eingehandelt. Sie hätte nämlich ihre Berührungsangst überwinden müssen. Die schien mir aber ihr größtes Problem zu sein. Was dem einen von uns gut tat, wies den anderen zurück. So würden wir nie zusammenfinden können.

Ich trank trotzdem die Klarheit meiner Gedanken und fühlte mich befreiter. Mir wurde jetzt vieles verständlicher, aber umso weniger beeinflussbar. Mein Spaziergang am Ufer hatte einiges zurecht gerückt. Heute war ein arbeitsfreier Freitag und das ganze lange Wochenende lag vor mir. Ich hätte mich leicht darauf einstellen können, nahm mir aber nichts Besonderes vor.

Abends ging das Telefon. Es wurde selten bei mir angerufen, so dass ich neugierig war, wem ich da eingefallen sein mochte. Ich nahm den Hörer ab, aber es meldete sich niemand, auch das Freizeichen ertönte nicht. Es musste also jemand in der Leitung sein. Ich fragte nach. Es meldete sich niemand. Ich legte auf. Ich machte mir keine weiteren Gedanken und ließ die Sache auf sich beruhen. Der Samstag verging, alles blieb ruhig. Sonntag, am späten Vormittag ging das Telefon erneut.

Sie meldete sich sofort: „Hallo, hier ist G."

Sie meldete sich mit ihrem Nachnamen. Das sollte doch nicht mehr sein. Ich war überrascht darüber und dass sie in der Leitung war.

Ich sagte: „Du? G.? Hallo, wie geht's".

Sie: „Gut, danke".

Ich wieder: „Rufst du von hier, aus der Stadt, an, oder von S. Übrigens hast du schon einmal am Freitag versucht mich zu erreichen?"

Sie: „Nein, hab' ich nicht. Ich bin Zuhause. Bei mir in der Wohnung".

Im Hintergrund hörte ich ihren Dackel bellen. In Gedanken war ich wieder in ihrer Wohnung und stellte mir vor, von wo aus sie telefonierte. Ich wusste nichts weiter zu reden. Das merkte sie, und es fiel auch ihr nichts ein oder sie hielt sich bewusst zurück.

Ich machte die Flucht nach vorne und sagte: „Es ist dir sicher schwergefallen, wieder anzurufen, nicht?"

Ich dachte, entweder ist sie nun beleidigt und legt auf oder sie ist den Druck los und wir können uns wenigstens unbeschwert unterhalten.

Sie: „Ich war ja ganz sicher, dass du dich nicht wieder melden würdest. Aber ich finde das so schade. Vor allen Dingen, wenn ich daran denke, was du mir bei mir, als du auf dem Sessel gesessen hast, gesagt hast". Pause.

Ich wusste natürlich, was sie meinte und sagte: „Du meinst, dass ich mir vorstellen konnte, bei dir Urlaub zu machen, ja?"

Sie: „Du hast noch 'was anderes gesagt". Ja, sie hatte recht.

Ich sprach es aus: „Ich könnte mir vorstellen, mich in dich zu verlieben, habe ich gesagt. Das meinst du, ja? Das stimmt".
Sie: „Ja. Sollten wir uns nicht noch einmal verabreden?"
Ich dachte: ‚Jetzt muss ich ihr reinen Wein einschenken, sonst läuft die Sache noch ewig so weiter'.
Ich sagte: „Weißt du, wir sind doch keine vierzehn mehr, und als ich zu dir unterwegs war, hatte ich ganz andere Vorstellungen von dem Verlauf des Abends".
Sie sofort: „Ich auch. Ich hatte mich gewundert, dass du für nur eine Stunde herausgefahren kamst. Ich hatte mich darauf eingestellt, dich noch spät an die Bahn zu bringen. Ich hatte ja kaum Wein getrunken und hätte dich auch bis zu dir nach Hause gefahren. Aber du wolltest ja sofort die nächste Bahn nehmen".
Sie zwang mich zu antworten: „Als ich dich angerufen hatte, hast du als erstes gesagt, dass ich mich um die Rückfahrt kümmern sollte. Das habe ich getan. Der spätere Zug wäre mit Umsteigen verbunden gewesen. Aber ich sage dir ehrlich, ich hatte damit gerechnet, dass du sagen würdest, dass ich bei dir hätte übernachten können. Wenigstens, wenn schon nicht bei dir zu Hause, dann doch in einem Hotel. Als ich bei dir war, hast du mir nur angeboten, mich zurückzufahren".
Sie: „Bei mir geht das nicht so schnell. Ich weiß, dass ich in der Beziehung sehr zurückhaltend bin. Das ist vielleicht ein Fehler".
Ich sagte: „Du bist ‚die Sanfte'. Kennst du das Buch?"
Nein, sie kannte es nicht. Ich hatte auch keine Lust, es ihr zu erklären.
Sie wieder: „Du, als Mann, hättest doch sagen können, dass du bleiben wolltest. Wir hätten niemanden gestört. Die Kinder haben ihre eigenen Zimmer".
Das fand ich nicht richtig so: „Du, ich war in deiner Wohnung. Wenn sich ein Mann schon nachts auf Reisen zu einer Frau begibt, dann ist doch ziemlich klar, dass er an dem Abend nicht wieder zurück will. Du hättest mich wenigstens mit Andeutungen auffordern sollen. Das habe ich erwartet".
Sie war enttäuscht. Ich wusste nicht, ob über mich oder von sich. In mir saß auch immer noch der Ärger darüber, dass sie mir nichts zu essen angeboten hatte. Deshalb fragte ich: „Kannst du eigentlich kochen?"
Sie ganz eifrig: „Ja, ich kann kochen. Aber ich gehe genau so gerne außerhalb essen".

Deutlicher wollte ich nicht werden, aber ich merkte, wie es in ihrem Kopf arbeitete. Es wunderte sie sicher, warum ich so plötzlich auf diese Frage gekommen war.

Sie sagte: „Ich kann dich ja besuchen".

Ich: „Jetzt? Von mir aus. Das finde ich gut. Komm, wenn du willst. Wir können gemeinsam Mittag essen. Ich kann für uns beide 'was vorbereiten".

Damit wollte ich sie nicht an ihr Versäumnis erinnern sondern ich meinte es ehrlich so.

Sie sagte: „Heute geht das nicht, weil ich mit meiner Mutter eine Verabredung zum Mittagessen habe. Es könnte hinterher gehen".

Ich: „Wann ist das, hinterher. Zum Kaffee?"

„Nein. Ich könnte so gegen achtzehn Uhr bei dir sein. Das ließe sich machen".

Ich dachte fieberhaft nach: ‚Sollte ich sie nun einladen, bei mir zu übernachten? Sollte ich zustimmen?'

Ich sagte: „Morgen müssen wir arbeiten, also früh hoch sein".

Sie: „Es macht mir nichts aus, wenn ich spät nach Hause komme. Wenn ich meine Mutter abgeliefert habe, kann ich bei dir vorbeikommen. Das liegt fast auf dem Weg".

Ich: „Das wird mir dann zu spät".

Ich dachte: ‚Die begreift überhaupt nichts. Sicher denkt sie nur daran, dass sie heute Nacht noch mit ihrem Hund nach draußen gehen muss'.

Sie wieder: „Können wir uns denn in der Woche sehen? Hast du Lust zu mir 'rauszukommen? Bitte. Du weißt doch, dass ich dich mag. Sonst würde ich bestimmt nicht anrufen".

Das hatte ich inzwischen begriffen. Ich konnte mich jetzt überhaupt nicht mehr zu irgendetwas entscheiden. In meinem Kopf ging alles durcheinander. Ich fand keine Antwort und zögerte. ‚Nein', wollte ich nicht sagen, `Ja', konnte ich nicht sagen, weil ich von ihrer Liebesbereitschaft nicht überzeugt war. Ich sah zu viele Schwierigkeiten auf mich zukommen, wusste einfach nichts zu antworten.

Sie begann zu drängen: „Was ist nun, Herr B."

Sie hatte mich plötzlich und ausdrücklich wieder mit meinem Nachnamen angesprochen. Das ließ mich aufhorchen.

Ich: „Ich muss darüber nachdenken".

Was ich jetzt sagen oder antworten würde, hätte zu weitreichende Folgen, als dass ich etwas Falsches sagen dürfte. Ich musste nachdenken.

Sie wieder: „Wir sollten uns treffen, ja?"

Ich: „Nein. Ich möchte nicht. Ich möchte nachdenken und mich dann bei dir wieder melden:.." ich machte eine ganz kleine Pause, „...dürfen".

Das war eigentlich gemein von mir, denn so nahm ich ihr die Möglichkeit etwas dagegen zu sagen.

Sie war beleidigt: „Glaubst du, dass sich das viele Frauen bieten lassen würden, was du mit mir anstellst".

Ich musste mich rechtfertigen: „Wenn eine Frau, die von einem Mann geküsst wird, mit dem Kuss nichts anzufangen weiß, dann macht sie ihn völlig hilflos. Du hast mich bei dem Kuss so fassungslos angesehen, dass ich gedacht habe: ,Was soll ich mit einer Frau, die nichts mit einem Kuss anfangen kann'. Ja, das habe ich gedacht".

Sie: „Könntest du dir vorstellen, dass zum Beispiel, wenn wir uns drei Monate kennen würden, du darüber ganz anders denken würdest? Dass du dann darüber lachen würdest?"

Ich sagte: „Das ist möglich".

Sie: „Und außerdem hattest du mir in der Unterführung oder kurz davor gerade klargemacht, dass wir uns nicht mehr treffen wollten. Und dann der Kuss. Das habe ich nicht verstanden".

Ich: „Das ist auch nicht zu verstehen. So bin ich eben".

Sie: „Also, was ist nun".

Meine Antwort: „Ich möchte mich bei dir melden dürfen". Diesmal brachte ich den Satz flüssig heraus.

Pause.

Dann sie: „Also. Gut".

Pause.

Jeder horchte, ob der andere etwas sagen würde.

Sie noch einmal: „War's das?"

Ich: „Ich muss nachdenken, ok?"

Sie: „Also, Tschüs".

Ich: „Ja, Tschüs".

So ging das schwache Kerzenlicht, das aus dem zweiten Treffen geboren war, schließlich unter unseren Augen vor Entkräftung von alleine aus. Wir sahen hilflos und tatenlos zu.

7

Wir hatten herrlich warmes Wetter. Es mussten über dreißig Grad sein. Ich hatte die Balkontür weit aufgeschoben und ließ die schwüllaue Luft herein. Jetzt zum Feierabend fing auf der anderen Straßenseite jemand an, seinen Rasen mit einem viel zu lauten Mäher zu bearbeiten. Der Geruch von frischgeschnittenem Gras, gemischt mit den Abgasen aus dem Mähermotor oder aus Automotoren kroch bis zu mir in den vierten Stock herauf. Der frische Grasgeruch war mir lieb, der Geruch von Abgasen quälte mich. Ich ließ dies Geschehen um mich herum trotzdem zu und zog es dem „hinter verschlossenen Türen verkümmern" vor. Ich ertrug auch lieber diesen Krach und den, der von der Hauptstraße und aus einer Seitenstraße heraufdrang, und bildete mir so ein, mich unter Menschen zu befinden. Durch die geöffnete Tür drangen Sprachfetzen zu mir. Wenn ich mir Mühe gab, waren ohne weiteres ganze Sätze zu verstehen. Ich genoss das, weil es meine Einbildungskraft anregte. Ich versuchte zu erraten, worüber sich die Leute wohl unterhalten mochten.

B. hatte im kommenden Monat Geburtstag.

Seit Wochen arbeitete ich an einem Bild, einer Bleistiftzeichnung, das ich als Vorlage für eine Seidentuchbemalung benutzen wollte. Mit der Vorlage konnte ich unterschiedliche Tücher entwerfen, bemalen und das schönste, oder gefälligste davon wollte ich für sie auswählen.

Mein Thema war eine Reiterin auf einem Pegasus, dem geflügelten Pferd der Dichter, dem Fabeltier aus der griechischen Götterwelt, meinem Ego. Das Gelungenste war jetzt schon für sie bestimmt. Sie sollte auf jeden Fall ein Geschenk von mir bekommen.

Der Geburtstag rückte näher. Dass ich sie mit dem Tuch vielleicht gar nicht glücklich machen würde, lag auf der Hand. Ihr Verdacht, sie wieder zur Trägerin meiner Hoffnung machen zu wollen, würde mehr als nur eine Vermutung sein.

Würde ich ihr etwas anderes, also etwas Gekauftes schenken, würde sie sich wegen meiner Plumpheit und Einfallslosigkeit missachtet fühlen. Ein teures Geschenk würde sie verschmähen: ‚Ich lass mich doch nicht von dir erpressen'. Es blieb nur etwas ganz Persönliches übrig, etwas, das uns beide betraf, ein Geschenk, das zwangsläufig zum Boten zwischen ihr und mir werden musste. Das Tuch schien mir gerade richtig. Das mochte sie berühren, vielleicht. Es hätte sie überzeugen dürfen, meinetwegen gerne. Das Geschenk durfte aber nur so stark sein, dass sie sich von ihm nicht überfahren fühlte und mein Liebesbekenntnis, ohne sich von mir erpresst zu fühlen, gefallen lassen konnte.

Nach der Zeichnung hatte ich drei Tücher entworfen.

Das letzte war unter großer Lustlosigkeit, die mich plötzlich überfallen hatte, entstanden. Aus ihm sprach aber die größte Leichtigkeit und Unverbindlichkeit, beinahe Gefälligkeit. Es enthielt keinerlei Nebengedanken, sie hinters Licht führen zu wollen. Ich selbst war ein wenig darin verliebt und auch zwei Frauen, denen ich es zeigen konnte, strahlten bei seinem Anblick und waren sehr davon angetan. Ich war also zufrieden.

Während der nächsten Tage holte ich ab und zu alle drei wieder heraus, verglich sie miteinander, um vielleicht noch anders zu entscheiden. Aber nein, es blieb dabei, auch wenn an diesem Tuch scheinbar die wenigste Arbeit aufgewendet worden war.

Oft saß ich in meinem Zimmer und dachte über die letzten Ereignisse nach und wie ich mich in Zukunft verhalten, was ich machen, ob ich überhaupt etwas machen sollte, ob ich doch lieber und mit ganzer Kraft auf eine Versöhnung mit B, hoffen und darauf hinarbeiten sollte. Mein Kopf sagte dazu: Das versuche lieber nicht, denn die Enttäuschung kann nicht nur, sondern wird noch schrecklicher sein als alles andere.

Ich fühlte mich zwischen mehreren Stühlen.

Warum sollte ich nicht auf meinen Bauch hören, meinem Herzen recht geben und einer Hoffnung trauen. Warum mit B. nicht wieder eine Liebesbeziehung aufbauen können? Ich ging mit meinen Überlegungen so weit, mich zu fragen: ,Wie würde ich dastehen, wenn sich sogar unerwartet dazu die Gelegenheit bieten würde? Würde ich dann handeln können? Schließlich war ich kein Postpaket, das man auf Abruf zurückgeben oder kommen lassen konnte. Unter welchen Bedingungen würde mir eine Rückkehr möglich werden. Wie sah es in B. aus. Dachte sie an wahre Versöhnung oder nur noch an Trennung. War mein Bemühen in ihren Augen das Zappeln eines Fisches, der an Land geschmissen worden war. Dachte sie vielleicht schon lange an eine andere Beziehung?' Denkbar war alles. Von ihrer bisherigen Treue war ich ziemlich überzeugt.

Konnte und durfte ich mich um eine neue Partnerin bemühen? Bewies ich damit nicht Untreue und eine noch größere Unglaubwürdigkeit als sie? Handelte ich aus Verzweiflung? Gab es für mich andere Entschuldigungen als für B.? Mir fehlte jede

Überzeugung, bei wenigstens einem Vorhaben das Richtige oder das Falsche zu tun oder zu beabsichtigen.

Ich ging durch meine innere Leere, stieß an Verzweiflung und wurde dabei von maßloser Traurigkeit begleitet. Sollte ich gar nichts machen, einfach abwarten, auf die Ereignisse hoffen, auf die Zukunft, den Zufall?

Ihr Geburtstag stand noch gut vier Wochen aus und ich würde bis dahin tausendmal hin- und her schwanken. Sollte ich ihr lieber überhaupt kein Geschenk machen?

Nach wie vor bemühte ich mich darum, mir die Tatsachen der Trennung, die Unumstößlichkeit einzuhämmern, schaffte es aber nicht. Ich wusste, dass ich mich nicht überzeugen konnte, sondern dass ich es erfahren musste.

B. hatte mich vor etwa zehn Tagen im Büro angerufen. Ich hatte darauf gehofft, aber nicht damit gerechnet.

Sie hatte merklich Mut in der Stimme. Sie wollte mir die neue Telefonnummer einer meiner Söhne durchgeben. Die wusste ich aber schon von einem meiner anderen Söhne. Der hatte am Abend zuvor angerufen.

Ich sagte trotzdem zu ihr, weil ich mich freute: „Schön dass du anrufst. Ich hätte mir das schon früher gewünscht. Wie geht's?"

„Das ist doch erst eine Woche her, seit wir miteinander gesprochen haben".

„Ja, eine gute Woche und du wolltest dich wieder melden. Du weißt doch wie sehr ich darauf warte. Du verlangst von mir Unmögliches: ich darf mich nicht bei dir melden und die Abstände deiner Anrufe werden immer größer. Du tust, als hätte ich die Pest".

Sie: „Nun hab' ich ja angerufen".

Ich: „Ja, das ist richtig". Sie gab mir die Nummer durch.

Ich: „Vielen Dank, die hab' ich gestern Abend schon bekommen. Trotzdem, danke, Was gibt's denn sonst. Hast du Urlaubspläne?"

Sie: „Urlaubspläne? An so 'was kann ich überhaupt nicht denken. Ich lebe von einem Tag zum anderen. Ich habe mir gar nichts vorgenommen".

Ich: „Können wir uns nicht gemeinsam etwas einfallen lassen? Paar Tage verreisen, oder so?"

Ich glaube, das verschlug ihr wieder die Sprache. Ich selbst musste einerseits über meine Frage lachen und war andererseits über mich erschrocken. Wie konnte ich ihr so etwas vorschlagen.

Sie: „Du glaubst doch nicht, dass ich".

Ich: „Ja, ja. Ich weiß schon, du würdest nicht im Traum daran denken".

Sie: „Ich würde nie..."

Ich: „Sag' doch bitte bloß nicht immer ‚nie'. Sag' mir doch bitte unter welchen Umständen wir uns wiedersehen könnten. Zu Anfang warst du doch dafür. Und nun weichst du mir derartig aus, dass ich denke, dass du mich überhaupt nicht mehr sehen willst. Können wir uns nicht wenigstens 'mal treffen? Irgendwo. Hauptsache ist doch, dass wir uns sehen und nicht dies blöde Telefon dazwischen ist".

Sie: „Siehst du. Jetzt krieg ich schon wieder mein Herzklopfen. Nur weil du mich so bedrängst".

Ihre alte Tante hatte einmal versucht, mich in einem für sie unangenehmen Gespräch auf diese Weise mundtot zu machen. Der hatte ich gesagt: ‚Herzschmerzen habe ich auch. Und einem unangenehmen Gespräch auf diese Weise aus dem Weg zu gehen, ist ganz schön leicht. Du wirst mich vielleicht noch um Jahre überleben'. Darauf war die Alte ganz friedlich geworden und hatte sich vernünftig mit mir unterhalten. Die alte Dame lebte immer noch und ich gönnte es ihr. Meiner Frau wollte ich aber nicht so kommen. Das hätte mir selbst Schmerzen bereitet. B. liebte ich, die Tante nicht.

Ich hatte wieder alle Vorsätze vergessen, forderte Unmögliches von ihr und musste mir nun Vorwürfe gefallen lassen. Das wollte ich wirklich nicht. Sie sollte sich schließlich erholen können. Jetzt hatte sie endlich einmal von sich aus angerufen und war nach knapp drei Sätzen von mir derartig in Bedrängnis gebracht worden.

Ich sagte: „Entschuldige, dass wollte ich nicht. Ich frag dich 'was anderes. Ja?"

Sie: „Was denn".

Ich: „Du hast doch bald Geburtstag. Da möchte ich dir etwas schenken, aber nur, wenn du nicht wieder Probleme damit hast".

Sie: „Ich möchte keine großen Geschenke von dir haben".

Ich: „Ich weiß, sie dürfen nicht teuer sein".

B: „Auf gar keinen Fall will ich ein kostspieliges Geschenk. Nein, das möchte ich auf gar keinen Fall".

Ich: „B. das weiß ich doch. Ich möchte dir etwas Persönliches schenken. Etwas aus eigener Produktion".

Sie: „Dann hab' ich doch wieder Schwierigkeiten. Das soll mich wieder nur beeinflussen".

Ich: „Du weißt doch, alles, was ich tu und mach', hat nur den einen einzigen Sinn und Zweck, dass wir auf neuer Basis einen neuen

Versuch wagen. Versuch das doch bitte zu verstehen, nein, versuch das doch bitte dir auch zu wünschen".

Sie schwieg einen ganz kleinen Augenblick.

Ich redete weiter und wusste, dass sie das, was ich nun sagte, bestimmt nicht wollte: „Komm' doch bitte zu mir. Besuch mich doch bitte, hier in meiner Wohnung, oder lass mich zu dir kommen, Ja? Jetzt gleich. Lass mich zu dir".

Zu meinem Erstaunen sagte sie mit samtweicher Stimme und mütterlichem Unterton: „Nein. Bitte nicht".

Das irritierte mich völlig. Ich hatte erwartet, dass sie wütend werden, jedenfalls ganz anders antworten würde.

Es war eine merkwürdige Ablehnung, so, als sollte ich erfahren, dass sie das aus irgendeiner Rücksichtnahme heraus nicht annehmen mochte. Es war, als müsste sie ein Angebot zurückweisen, welches gar nicht für sie bestimmt sein konnte; ja, als hätte sie ernsthafte Zweifel, von mir überhaupt gemeint worden zu sein.

Ich sagte zu ihr: „Du kannst mir viel erzählen, aber so dämlich bin ich nicht, dass ich nicht weiß und sehe, dass du mich liebst. Ja, du liebst mich, das ist völlig klar und das kannst du mir auch nicht ausreden".

Es trat eine peinlich Stille ein. Ich hatte sie diesmal zu nichts, zu keinem Bekenntnis, zu keiner Antwort überreden, sondern hatte sie nur meine Überzeugung wissen lassen wollen.

Ich fuhr einfach fort: „Wenn du meine Mutter besuchst, redest du dann nicht mit ihr über deine Beziehung zu mir? Du besuchst sie doch immerhin noch. Ich schaff das nicht. Ich schäme mich derartig, dass ich mich da nicht sehen lassen kann".

Das erstaunte sie: „Was, bist du die ganze Zeit nicht einmal bei deiner Mutter gewesen?"

Ich: „Nein, ich trau' mich nicht. Ich kann sie doch nicht aufsuchen und so tun, als ob nichts wäre. Worüber sprichst du denn mit ihr. Doch nicht nur übers Wetter, oder?"

B: „Über uns jedenfalls nicht. Ich denke, das geht sie nichts an. Mit ihr bin ich nicht verheiratet".

Ich: „Da liegst du aber ganz schön falsch. Schließlich ist sie meine Mutter. Sie will doch wissen was los ist. Kannst du das nicht verstehen? Von deiner Mutter habe ich auch eine Einladung bekommen. Die nehme ich nur deshalb nicht an, weil ich selbstverständlich mit ihr über uns reden müsste. Dafür schäme ich mich aber zu sehr. Als Mutter muss sie doch auch erfahren dürfen, was los ist. Geht das nicht in deinen schönen Kopf. So brutal könnte ich nicht sein".

Wieder Schweigen am anderen Ende. Dann sie: „Du willst sie besuchen?"

Ich: „Ja. Sie hat mich eingeladen. Aber ich kann nicht. Ich schaff das nicht".

Sie: „Dann wollt ihr beide euch überlegen, wie ihr mich zurückkriegt?" Dass sie das sagte, überraschte mich. Es hörte sich an, als ob sie sich von ihrer Mutter, der sie sonst immer alles nach Wunsch machte und der gegenüber sie nie ungehorsam war, ein ganz klein wenig abnabeln wollte. Andererseits ließ das einen Hoffnungsschimmer zu, weil ihre Mutter ganz sicher kein Verständnis für das hatte, was ihre Tochter machte. B. hingegen schien erstmals überhaupt aus diesem Gespräch mit mir deren Willen herauszuhören. Wahrscheinlich unterhielt sie sich nicht einmal mehr mit ihrer eigenen Mutter über ihre Probleme und litt darunter.

Ich: „Deine Mutter hat mich zum Essen eingeladen. Ich würde mich mit Sicherheit mit ihr über dich und uns unterhalten, wenn ich hingehen würde. Das, finde ich, ist ihr gutes Recht".

Pause.

Ich weiter: „Ach, B. Wenn ich dich nur irgendwie dazu bringen könnte, wenigstens über die Möglichkeit nachzudenken, mit mir wieder eine gemeinsame Basis zu beginnen. Wenigstens darüber nachdenken könntest du doch".

Sie wurde immer stiller und ich immer redseliger. Mir kamen größte Zweifel, mit meinem Redeschwall unserer Liebe noch zu dienen. Wahrscheinlich machte ich nur noch Fehler. Trotzdem setzte ich alles auf diese eine Karte: „Versprich mir doch bitte, dass du darüber nachdenken willst. Nur Das sollst du mir versprechen. Ich bitte dich".

Sie: „Auf die Idee, dass ich zu dem Schluss kommen könnte, dass es keinen Sinn hat, kommst du gar nicht, oder?"

Ich: „Nein, darauf komme ich nicht. Den Schluss lasse ich nicht zu. Denkst du denn nicht auch mal an die Zeit, als wir es gut miteinander hatten? Es waren doch nicht nur schlechte Tage".

Sie brach in Tränen aus: „Du weißt ja gar nicht, wie oft ich bei kleinsten Kleinigkeiten weinen muss. Wenn ich schon alleine eine Tasse aus dem Schrank nehme und denke, dass du dafür gearbeitet hast und für die vielen anderen Sachen, die dir ja auch gehören und an die du nicht herankommst".

Ich war empört: „Dann schreibst du etwa jetzt schon Listen, wem alles im einzelnen gehört? Denkst du schon wieder an Scheidung und bereitest alles vor? Wem was gehört?"
Ich hatte Angst vor ihrer Antwort, denn die würde ehrlich sein. Sie hörte auf zu weinen, war aber nicht böse über meine Reaktion: „Daran habe ich überhaupt kein Interesse".
Ich: „Ich bitte dich, denk' doch über uns nach und wie wir das bewerkstelligen können. Andere Leute haben doch auch ihre Probleme und versuchen sie zu überwinden. Versuch es doch wenigstens. Versprich es mir".
Sie: „Du würdest sofort zurückkehren, nicht?"
Ich: „Ich würde sofort kommen. Ja, das stimmt. Ich müsste aber auch gewisse Dinge überwinden. So leicht wäre das nicht für mich".
Sie: „Ach was. Du würdest deinen Wäschekorb packen und wärst sofort wieder hier".
Darüber ärgerte ich mich. Sie sah gar nicht, welche Hemmungen ich zu überwinden hätte. Sie sah nur, dass ich keine Wahl hatte; sie wusste, dass ich würde kommen müssen. Sie wusste mich gefügig, sie wusste mich willenlos und hatte recht. Ihre eigene Unfreiheit, die ich angesprochen hatte, als ich behauptete, dass sie mich liebte, gab sie nicht zu. Die hätte ich zu gerne vernommen.
Ganz offensichtlich war es so, dass meine Abhängigkeit in Wahrheit von ihr ebenso nur vermutet wurde, wie ihre von mir. Jeder von uns sah sich dem anderen ausgeliefert, mit dem Unterschied, dass ich dem sofort nachgeben wollte, während sie das um keinen Preis der Welt zulassen würde. Sie hatte bestimmt zusätzlich noch die Angst, mit meiner Rückkehr ihr Gesicht zu verlieren. Zu gerne hätte ich von ihr gehört, dass sie mich liebte und sich über eine gemeinsame Zukunft Gedanken machen würde. Aber selbst das war ihr nicht abzuringen.
Sie war völlig erschöpft. Das hörte ich an ihrem Atem, einem nervösen Husten und ihrer Stimme. Ihre Sätze wurden immer unvollständiger.
Sie sagte: „Lass uns aufhören, ja? Bitte".
Ich: „Darf ich dich denn wieder anrufen, bitte".
Sie: „Wenn du mich nicht wieder so bedrängst, wie heute. Ich kann nicht mehr. Ich möchte Schluss machen".
Ich wieder: „Versprichst du mir denn darüber nachzudenken? Bitte".
Sie: „Ich will es versuchen. Also, Tschüss ."
Ich: „Tschüss ."

Wir legten auf.

Den ganzen Tag über kamen mir wieder die Tränen. Ich hielt das immer noch für Zeichen meiner völligen Erschöpfung. Es bedrückte mich auch, zu wissen, dass es B. genauso schlecht und elend gehen musste. Ich hatte ein schlechtes Gewissen, weil ich ihr diesen Zustand beschert zu haben schien.

In der Woche ging ich einmal an ihrem, d.h. an unserem Haus vorbei. Es war sehr spät. Da sah ich den Wagen unseres früheren gemeinsamen Freundes vor ihrer Tür stehen. Ich wusste, dass sie jetzt im Garten saßen.

Ich dachte: ‚Der sitzt auf meinem Stuhl, an meinem Tisch, in meinem Garten, bei meiner Frau. Er genießt das, was mir gehört, was ich liebe.

Wie lange wird B. das ertragen können'.

Ich glaube möglichst nur, was ich sehe und ging am nächsten Morgen in aller Herrgottsfrühe wieder dort vorbei.

Der Wagen war fort. Das nahm ich als Beweis, dass sie die Wahrheit gesagt hatte, dass sie in ihm nicht mehr als einen Gesprächspartner hatte.

Das nahm ich auch für mich zum Anlass, von nun an ihre Worte nicht mehr zu bezweifeln, selbst wenn sie sich irgendwann einmal als unwahr herausstellen würden.

Zusätzlich schwor ich mir jedoch: ‚Wenn es je für mich eine Rückkehr geben sollte, würde dieser Mann das Haus nie wieder betreten dürfen'.

8

Ich ging weiter in meine eigene Therapiegruppe. Die wurde von einer Ärztin und ihrem Ehepartner begleitet. Er war außerdem Pastor. Das machte ihn mir sehr vertraut. Das sagte ich ihm direkt. Er fragte nach: „Gibt es dafür einen Grund?" Nein, den konnte ich nicht nennen.

Seine Frau hatte eine weiche Stimme und pflegte einen verständnisvollen, geradezu liebenswerten Umgangston. Sie vermittelte etwas Mütterliches. Das gefiel mir auch. Die erste Zeit fühlte ich mich dort sehr wohl. Die Gruppe bestand aus acht Personen und wir trafen uns einmal wöchentlich. Eines Tages wurde uns eröffnet, dass zwei der Anwesenden ausscheiden würden. Das ließ uns Zurückbleibende verstummen. Wir erfuhren aber, dass Neue kommen würden, eine Frau und ein Mann, und dass zusätzlich noch eine weitere Frau zu uns stoßen würde. Ich war sofort neugierig und erwartete gespannt unser nächstes Treffen. Die Ausscheidenden hatten bereits seit mehr als drei Jahren an den Treffen teilgenommen. Ich fragte mich, ob mir das etwa auch bevorstehen würde. Wenn ich meine Situation in der Gruppe betrachtete, schien es, als ob die Therapeuten mit mir einen anderen Umgang pflegten, als mit allen anderen. Das sah ich an der Art ihrer Fragestellung. Zu mir sagten sie zum Beispiel: „Bist du mit der Antwort von ... zufrieden?"

Die anderen fragten sie aber so: „Fällt dir zu der Antwort von ... etwas ein? Du bist doch eigentlich ziemlich angegriffen worden und lässt dir das so einfach gefallen?" Mir schien, dass sie zu mir ein eher partnerschaftliches Verhältnis aufbauten. Meine seelische Verworrenheit hielten sie wohl für nicht allzu schlimm. Gemessen daran, dass eine der Frauen zeitweise freiwillig zur Behandlung in ein Krankenhaus ging, eine andere unter erheblicher Fresssucht litt, hatten sie mit solchen Unterscheidungen sicher recht.

Ein Mann klagte: „Meine Frau hat mich hier hergeschickt: ‚Wenn du es nicht endlich lernst, dich gegen mich zu behaupten, dann ist Schluss mit uns'. Sie ist so dominierend und erwartet dauernd, dass ich etwas gegen sie unternehme".

Einmal, als wir in der Runde saßen, platzte eine andere Frau plötzlich mit der Bemerkung an mich gerichtet heraus: „Wenn ich dir gegenübersitze, fühle ich mich immerzu beobachtet. Mit dir möchte ich jedenfalls nicht verheiratet sein". Das stieß sie so heftig aus, dass ich dachte: ‚Die ist wirklich krank'. Ich fand auch: ‚So krank kann ich doch nicht sein'.

Ich beobachtete ihre Finger mit denen sie die schlimmsten Verdrehungen anstellte, die sie sich in die Kniekehlen schob und von außen und von innen unter die Schenkel, mit denen sie nicht wusste, wohin. Ich sah auf meine eigenen Hände, die lagen einzeln und ruhig im Schoß, nur ab und zu verschob ich sie, wenn ich mich anders hinsetzte. Das fand ich so ganz normal.

Der Therapeutin und ihrem Mann schien ich in der Zwischenzeit als Patient unglaubwürdig geworden zu sein. Das störte sie aber nicht weiter. Ich gehörte offenbar zu deren Pfründe. Mir sollte das gleich sein. Schaden konnte eine Behandlung für eine gewisse Zeit sicher nicht.

Zu der Frau, die mich so scharf angegriffen hatte, sagte ich, weil sie mir leid tat: „Du, ich setzt mich gerne auf die andere Seite, dann musst du nicht zu mir herüberschauen".

Ich stand auf, um den Platz zu wechseln. Ich war sicher, ihr damit helfen zu können. Das war ihr aber überhaupt nicht recht. Als ob sie mich als ihr Gegenüber brauchte, bestand sie darauf, dass ich dort sitzen blieb: „Das gibt es ja gar nicht. Bleib bitte auf jeden Fall da sitzen".

Ich konnte sie ertragen, deshalb ging ich an meinen Platz zurück. Dachte aber: ‚Darauf will ich in Zukunft Rücksicht nehmen'.

Die beiden Leiter hatten zu dem ganzen Theater kein einziges Wort gesagt. Nun erst ging das Gespräch weiter.

Zu allem und jedem, was dort ge- und besprochen wurde, hätte ich zu gerne etwas gesagt. Das habe ich anfangs auch getan. Einmal beschwerte sich aber einer der Männer, dass er gar nicht mehr wüsste, warum er noch herkäme: „Mit dem, was ihr besprecht, kann ich überhaupt nichts anfangen. Wenn ich Zuhause bin, frage ich mich, wozu ich hier hergekommen bin".

Alle ließen ihn sich ausweinen, und ich habe von nun an versucht, mich zurückzuhalten. Die anderen oder die meisten von ihnen hatten offenbar die Therapie nötig, während ich das Gespräch suchte.

Die beiden angekündigten Neuen trafen nicht als erste ein, sondern die zuletzt erwähnte Frau.

Ich sah sie von weitem im Flur stehen, und ich erfuhr bei ihrem Anblick einen regelrechten kleinen Schock. Ich musste mich am Nachbarstuhl abstützen, so sehr traf mich ihr Anblick.

Für Sekunden schien es, als würde B. persönlich auftreten. Die Neue hatte die gleiche Körpergröße, Figur, hohe Stirn, die gleichen halbkurzen braunen Haare, und ihre Augen, die denen von B. nicht ganz glichen, blieben wie verhext an mir hängen. Sie sah wohl meinen Gesichtsausdruck, mochte ihn für sich deuten, konnte ihn aber nicht richtig unterbringen.

Sie trug einen Rock und eine bunte Bluse. Alles an ihr war farblich aufeinander abgestimmt. Sogar der altmodische Schmuck, den sie trug, passte zu ihrem Äußeren.

Ich dachte vom ersten Augenblick an: ‚Die könnte meine Frau werden. Sie ist jung genug, um vielleicht sogar Kinder zu bekommen. Mit so einer kannst du eine Familie gründen. Die schickt der ‚Liebe Gott'. Deswegen hast du hier also so lange gesessen und ausgeharrt'. In einer Beziehung war ich sehr neugierig: ‚Hoffentlich ist sie nicht so dumm'. Sie stellte sich im Kreis mit wenigen Worten vor: `Ich habe Beziehungsprobleme und hoffe die in der Gruppe und mit Hilfe der Gruppe aufarbeiten zu können. Ich bin im Kaufmännischen tätig...' usw. Das gefiel mir alles.

Im Anschluss an die nächste Sitzung schlug sie mir vor: „Du, ich bring dir nächstes Mal ein Buch mit, da kannst du nachlesen, wie es dir warum so geht, wie es dir jetzt geht. Natürlich nur, wenn du willst".

Ich sagte: „Wenn mir das nicht neue Probleme beschert, würde ich es gerne lesen".

Sie: „Wenn's dir nicht gefällt, kannst du's ja wieder zumachen".

Ich wurde bescheidener: „Ich fände es gut, wenn du es mitbringen würdest, o.k.?"

Ja, das war in Ordnung.

Die ganze folgende Woche dachte ich nur noch an diese Frau.

Als sie mir das nächste Mal gegenüber stand, und die meisten der anderen befanden sich in unmittelbarer Nähe, sagte ich: „Du, D., Ich habe mir fest vorgenommen, dir heute zu sagen, dass ich die ganze Woche über an dich gedacht habe. Dass ich mich freue, dich heute wiederzusehen".

Von den anderen horchte keiner auf. Das war gut. Es war aber auch so geheimnislos von mir gesagt worden, dass man mir die einfache Freude ohne Hintergedanken anhören musste.

D. antwortete ganz schnell und wandte sich gleich darauf dem Gruppenraum zu: „Das kann ich mir gut denken. Und ich weiß auch warum".

Auch die Ärztin hatte das alles mit angehört. Sie zog mich danach in ihr Büro und ich vermutete einen Zusammenhang. Sie gab mir aber nur einen Zettel, einen Vordruck: „Du, H., du hast die Vereinbarung noch nicht unterschrieben. Willst du das bitte machen?"

Ich: „Ja, gerne. Wo, hier?"

Sie zeigte mir wo und ich unterschrieb. Mit den Gedanken war ich aber bei D.

Die Ärztin sagte: „Du musst dir das gut durchlesen. Nimm es dir mit und behalte die Kopie für dich".

Ich sah flüchtig darauf und fand gleich heraus, dass ich zu bezahlen hatte, wenn ich, ohne mich zu entschuldigen, fernbleiben würde...: „Ja, ich les' es mir Zuhause durch".

Ich hätte mich zu gerne hinterher mit D. getroffen und fragte sie noch vor Beginn der Runde: „Können wir uns nicht anschließend noch für zehn Minuten auf eine Tasse Kaffee irgendwo hinsetzen?"
D.: „Ja, gerne, ich habe nichts weiter vor. Prima".
Sie fand das also gut. Sie hatte auch an das Buch gedacht und händigte es mir aus.
In dem heutigen Gespräch hatte ich beim Erzählen plötzlich Grundberührung mit meinen Gefühlen und konnte die Tränen nicht zurückhalten. Die Ärztin reichte mir Taschentücher. Ich blieb den Rest der Sitzung über sehr durcheinander. Das Aufwühlen alter Ungerechtigkeiten, die mir in meinem Elternhaus widerfahren waren, machten mir sehr zu schaffen. Hauptsächlich, weil ich überzeugt gewesen war, dass diese Dinge ein für alle Mal vorüber waren.
Meine Verabredung hatte ich zwar nicht vergessen, fieberte aber nicht mehr darauf, sondern musste mich mühsam daran erinnern. Dafür schien in meinem Kopf kein Platz mehr zu sein.
Am Ende nahm ich mich sehr zusammen und fragte D.: „Bleibt es dabei? Auf eine Tasse Kaffee?"
Sie: „Ja, komm. Wir suchen uns 'was".
Damit gingen wir zusammen mit den anderen das Treppenhaus hinunter. Auf der Straße fiel mir ein, dass ich meine Jacke vergessen hatte.
Ich blieb stehen: „Du, tut mir leid, ich hab' meine Jacke oben vergessen. Das wird dauern bis die mir wieder aufmachen. Entschuldige".
Damit ging ich zur Haustür zurück und klingelte. Die dort oben räumten um, das wusste ich. Ich musste warten. Im Türglas spiegelte sich D. und ich konnte sie beobachten. Sie verließ unentschlossen und ganz langsam das Grundstück und ging auf die Straße. Ich dachte, dass unsere Verabredung in Frage gestellt sein könnte und wollte mich beeilen. Vom Treppenhaus aus konnte ich auf die Straße sehen. Sie stieg in ihr Auto. Deswegen beeilte ich mich umso mehr.
Als ich mit der Jacke im Arm zurückgeeilt kam und nach ihrem Auto schaute, fuhr sie gerade an und war gleich darauf weg.
Ich dachte: ‚Schade. Aber auch wieder nicht. Ich bin wirklich nicht mehr in der Lage, große Gespräche zu führen. Vielleicht hatte sie sich das bedacht. Gut. Vorbei für heute'.
In der Woche las ich das geliehene Buch und erfuhr sehr viel von der Reihenfolge und der Heftigkeit der Gefühle, die über den Verlassenen

hereinbrechen. Ich las, dass ich mich irgendwo auf einem Weg zu einer eigenen, neuen Freiheit befand und diesen Ablauf kaum würde verändern können. Das einzige, was in meiner Macht stand, las ich dort, wovor ich mich und meine Freunde mich und die Therapie mich bewahren sollten, wäre die ganze Angelegenheit zu verdrängen. Das hatte ich nicht vor, sondern war im Gegenteil der Meinung, dass das Erleben von Traurigem grundsätzlich eine lebenswerte Erfahrung sein musste. Und traurig ohne Maßen über die Trennung von B. war ich ohne Frage.

Daran scheitern wollte ich jedoch nicht, wenn auch schlimme Gedanken in meinem Kopf geboren wurden. Die sollten aber, so das Buch, alle dazugehören.

Ich verschlang es und war der Frau für diese freundschaftliche Aufklärung dankbar.

Als das nächste Treffen vor der Tür stand und ich voller Eifer an D. dachte, geriet mir der Zettel der Ärztin wieder in die Hände, und ich las ihn nun in aller Ruhe durch.

Ich hatte bis dahin einen ganz wichtigen Punkt, ja eine höllische Fußangel überlesen. Es stand dort nämlich, dass außerhalb der Treffen zu den Einzelnen der Gruppe keinerlei Kontakt stattfinden, keinerlei Adressenaustausch vorgenommen werden dürfte, und auch außerhalb der Gruppe man sich nicht zu kennen hatte. Ich las das und war gelähmt von dem Inhalt. Es wurden noch Rausschmiss und Kostenerstattung angedroht. Da war nichts dran zu drehen. Ich war machtlos. Alle Hoffnungen auf ein Treffen brachen zusammen und die Ärztin hatte mich sicher mit dem Erinnern an die Vereinbarung auf diesen Punkt aufmerksam machen wollen. Sie hatte mein Herumturteln sofort bemerkt und wollte mich warnen.

Sie wäre eine schlechte Therapeutin gewesen, wenn ihr das entgangen wäre. Es überfiel mich ein maßloser Schmerz, den ich nicht in mich hineinfressen mochte.

Ich beschloss, der Ärztin beim nächsten Mal reinen Wein einzuschenken. Es sollten keine Unsicherheiten und Heimlichkeiten zwischen ihr und mir geben. Ich sprach sie, sobald es ging, an: „Du, ich habe mir die Vereinbarung durchgelesen, und da gibt es einen Punkt".

Sie schaute mit mir zusammen auf das Papier: „Welchen?"

Ich: „Dass man sich nicht außerhalb treffen…"

Sie unterbrach mich: „Das gilt nicht für euch. Das habe ich vergessen durchzustreichen. Das gilt nur für besondere Gruppen. Ihr gehört jedenfalls nicht dazu. Den Punkt kannst du vergessen".

Das war ja wunderbar. Ich strahlte sie an, als müsste sie meine Gedanken lesen können. Sie reagierte aber nicht, schien davon keine Notiz nehmen zu wollen. Das fand ich ungerecht und sagte noch: „Ich habe mit D. nämlich schon ein Buch ausgetauscht und wir wollen uns auch darüber unterhalten".

Sie: „Ja, ja. Es spricht nichts dagegen".

Ich dachte: ‚Die Frau wird ihre Erfahrung haben'. Damit trollte ich mich. Nach der Sitzung fanden wir ein Restaurant. Es war sehr schick und sehr voll, und von den Gästen wurde erwartet, dass sie großartig speisen würden. Das wollten wir aber nicht. Man gab uns deshalb einen kleinen Tisch an der Seite. Der war zwar reserviert, für später, so dass wir uns dort für eine ‚kleine halbe Stunde' niederlassen konnten, aber es reichte. Wir wurden höflich bedient und konnten uns über die Therapeuten, die anderen, über das Buch und über was wir wollten in alle Ruhe auslassen. Ich lachte, als ich sagte: „Die wissen ganz genau wie es in uns aussieht und verdienen damit ihre Brötchen. Die können sich jetzt schon ausrechnen, wie lange sie etwas von uns haben werden".

Wir wurden beide lustig. Mir gefiel ihr Lachen sehr. Sie sah angenehm aus, auch aus der Nähe, und ich war der glücklichste Mensch von der Welt, mich endlich einmal wieder mit einer lachenden Frau ungezwungen unterhalten zu können. Der leise Gedanke an ein Liebesabenteuer, auch erst in ferner Zukunft vielleicht, beflügelte mich ungeheuer.

Es war sehr heiß. Wir brauchten eine Erfrischung und bestellten uns jeder ein sehr großes Glas eines Mischgetränkes aus Bier und Brause.

Sie trug eine süße, verschlungene Goldkette um den Hals. Die war nur im Ausschnitt ihrer Bluse gut zu sehen. Dort verlief sie, als hätte man einen Knoten in sie geschlagen, in einer Herzform aus. Das sah wie zufällig aus, war aber so gewollt. Darin war ein kleiner roter Stein versteckt, der schaute als drittes, lustiges Auge hervor und schien mich zu beobachten. Ich sagte: „Ich bewunderte deinen Schmuck. Der steht dir gut".

Sie griff sofort mit den Fingern der linken Hand unter die Kette, holte sie ganz hervor und spielte an ihr herum. Dann ließ sie sie langsam und geschmeidig an ihren Platz zurückgleiten. Sie wusste genau, dass sie selbst es war, die ich bewunderte, die mir gefiel.

Sie bestätigte das mit einem gekonnten Blick aus den Augenwinkeln und sagte ohne jeden Vorwurf: „Verknall dich bloß nicht in mich. Das hat keinen Sinn. Ich weiß, wie das ist. In meiner Firma hab' ich mir auch einen ausgeguckt. Der ist genau mein Typ. Der mag mich auch. Hat er mich wissen lassen. Aber eben nur so. Da kannst du nichts machen. Den hab' ich zu 'ner Party eingeladen. Ist aber nicht gekommen. Hat auch so lange hin- und hergemacht".

Ich fragte nach: „Was heißt das denn?"

Sie wieder: „Naja. Kein ‚Bingo'."

Ich musste dumm geguckt haben, denn sie sagte: „Eben. Kein Bingo. Weißt du nicht, was das ist?"

Ich musste raten: „Irgend so ein Spiel, ein Ratespiel?"

D.: „Bingo heißt: Volltreffer. Schaffte der nicht. Ich mag es nicht, wenn sich alles so in die Länge zieht".

Damit schnipste sie mit dem Mittelfinger und dem Daumen, dass es richtig laut schnappte, und lachte hell auf: „Verstehst du? Klick muss es machen. Machte es aber nicht. Also verknall dich nicht in mich. Hat keinen Sinn".

Sie sah mich dabei sehr lieb an, so, als ob sie mich das erste Mal richtig und mit Bewusstsein wahrnehmen würde.

Ich war enttäuscht. Eigentlich nicht darüber, dass ich für sie kein Bingo war, sondern dass man für sie ein Bingo sein musste, um sie zu gewinnen. Der Ausdruck kam mir so wenig ausgefüllt vor, eigentlich wie ein Gelegenheitstreffer. Der hätte ich nicht sein wollen. Andererseits wollte ich mich ja mit ihrer Welt vertraut machen und Bingo gehörte offenbar dazu. Gut, so war es eben bei ihr.

Ich erzählte ihr, dass ich Bilder malte und Gedichte schrieb. Das fand sie witzig, weil ihr geschiedener Mann auch gemalt hatte.

Sie sagte: „Mein, größter Wunsch war es immer, ihm beim Malen zuzugucken. Durfte ich aber nicht. Ich wollte einfach sehen, wie es ist, wenn auf einem leeren Blatt Papier ein Bild entsteht. Das habe ich nie verstehen können. Ich hätte zu gerne selbst gemalt. Er hat mich aber kein einziges Mal zusehen lassen".

Ich wollte nachfragen, aber sie fuhr gleich fort: „Du bist doch noch nicht geschieden, nicht? Das hab' ich Gott sei Dank hinter mir. Du musst zusehen, dass du das über die Bühne kriegst. Danach bist du erst frei. Ich kenn das aus eigener Erfahrung. Das musst du erst hinter dir haben".

Das alles erstaunte mich, weil sie in der Therapie immer nur von ihrem Freund geredet hatte: „Ich denke du hattest einen Freund, der dich verlassen hat".

Sie: „Stimmt. Aber vorher war ich fünf Jahre verheiratet. Das war nichts. Nach fünf Jahren wollte der nach Hongkong. Da hab ich mir gesagt, das ist die beste Gelegenheit. Ich habe mir einem Zettel genommen und mit ihm zusammen aufgeschrieben, was er alles nicht gebracht hat".

Ich: „Wie bitte? Was hat er denn nicht gebracht".

Außerdem hatte ich einen Verdacht und fragte nach: „Kanntest du da schon deinen späteren Freund?"

Sie sofort: „Nein. Nein. Den kannte ich da noch nicht".

Dann: „Quatsch. Mit dem war ich schon fleißig im Bett. Ja, das war ich. Ich weiß, das war nicht nett. Aber meinem Mann hab' ich aufgeschrieben, was er nicht brachte".

Ich: „Was war denn das".

Sie dachte nach und tat, als hätte sie Papier und Bleistift zur Hand und schrieb über der Tischdecke in die Luft: „Kein Humor, konnte nicht mit Geld umgehen, gab zu viel aus, war so ein Karrieretyp. Na und so weiter".

Ich zu ihr: „Das war er doch sicher von Anfang an gewesen, oder?"

Sie lachte: „Ja. Eigentlich, ja".

Ich: „Du hast Gründe gesucht, oder?"

Sie wieder: „Ja, aber es ging sehr schnell. Er hatte nur noch drei Monate Zeit, da haben wir alles abgewickelt, bevor wir zum Rechtsanwalt gegangen sind. Vermögen usw. Sonst wird alles viel zu teuer. So ging das ganz gut".

Ich wieder: „Du hast ihn also verlassen und nicht er dich, stimmt's?"

Sie erstaunt: „Ja? Warum?"

„Na, ich meine nur, weil du doch jetzt im selben Boot sitzt wie dein Mann damals und trotzdem deine Verlassenheit von dem Freund aufarbeiten willst. Eigentlich müsstest du doch wissen, was der noch für dich empfindet. Du kennst doch die andere Seite, oder?"

Sie: „Nein, nein. Dies ist doch jetzt ganz anders".

Ich: „Du meinst, weil dein Freund eine Neue hat?"

Sie: „Ja".

Ich bohrte weiter, weil ich ihr nicht folgen konnte: „Aber das war bei dir doch auch so. Ich mein bei deinem Mann".

„Nein. Das verstehst du nicht. Mein Freund ist doch mit seiner Freundin zusammen gewesen und hat mir immer alles erzählt. Mein Mann hatte aber keine Ahnung, damals".

Ich: „Ist es deinem Mann denn so leicht gefallen, dich verlassen zu müssen?"

Sie: „Hab' dir doch erzählt, dass ich ihm gesagt hatte, wo er's nicht brachte. Außerdem wollte er, dass ich mit ihm ausreise. Das kam gar nicht in Frage".

Ich wollte mich nicht weiter in ihre alten Geschichten drängen und sagte deshalb: „Dein Freund war mit dir und der Freundin gleichzeitig zusammen?"

Sie lachte: „Also nicht gleichzeitig, aber wenn er von ihr kam, landete er bei mir. Und umgekehrt war es auch so. Ich weiß gar nicht, wie er das alles geschafft hat. Der Beruf war auch noch da. Und er dachte immerzu nur ans Weiterkommen. Weiß gar nicht, was er an der anderen findet. Was hat die nur, was ich nicht habe".

Sie schaute sich um im Restaurant, als ob sie dort etwas finden könnte.

Ich sagte: „Meistens sind es nur Kleinigkeiten. Wahrscheinlich ist sie genau der gleiche Typ wie du. Vielleicht weiß er selbst nicht, was er an ihr findet. Sie ist eben nur ein bisschen anders. Irgendwo enger oder weiter, oder der Rücken ist glatter oder die Füße gefallen ihm oder so etwas. Sonst ist sie sicher wie du. Wahrscheinlich sogar ganz genau wie du".

Sie strahlte über das Gehörte: „Sag' mal, kennst du ihn? Habt ihr euch abgesprochen? Du sagst genau das gleiche wie er. Ja, es sind genau, ganz genau seine Worte. Das gibt es doch gar nicht".

Sie schaute mich befremdet und fragend an, als wäre ihr, was ich sagte, unheimlich, aber gleichzeitig nicht genug.

Ich fuhr fort: „Er wird der Sache keine große Dauer einräumen. Sicher sagt er: ‚Das ist sowieso bald vorüber. Das kann nicht lange halten. Das geht schnell vorbei'. Bestimmt sagt er das".

Sie: „Und ob er das sagt. Das sind ganz genau seine Worte. Sag mal, ihr müsst euch doch kennen, dass du das alles weißt. So wie du das eben erzählst, hat er mir das auch gesagt. Genau so, mit den gleichen Worten".

Ich wieder: „Trotzdem wird es lange dauern. Das ist nun mal so".

Sie schien von mir Neues zu erfahren: „Und du meinst, dass es keinen richtigen Grund gibt? So einfach soll das sein? Fast ohne konkreten Grund?"

Ich dachte einen Augenblick nach: „Ja, so einfach ist das. Es wird einer der Gründe sein, die ich nannte, und er wird bei ihr bleiben".
Sie wieder: „So einfach soll das also sein? Und die hat in meinem Bett geschlafen. Von meinem Teller gegessen, aus meiner Tasse getrunken".
Ich fragte direkt: „Warum hast du ihn denn noch weiter zu dir kommen lassen. Ich meine, dass du auch noch unvorsichtig warst. Er hätte doch von der Neuen etwas übertragen können. Hast du keine Angst gehabt?"
Sie: „Du, daran hab ich nicht gedacht. Überhaupt nicht. Erst jetzt fällt mir das manchmal ein. Stimmt. Er hätte was übertragen können. Wäre leicht möglich gewesen".
Ich hatte aber den ersten Teil meiner Frage nicht vergessen: „Und warum hast du ihn weiter zu dir kommen lassen, obwohl er doch von dem anderen Mädchen kam und das auch noch gesagt hat? Das versteh ich nicht. Du hast das doch nicht mehr nötig gehabt. Der hat dich doch richtig betrogen. Für mich wäre das Untreue. Verstehst du? Ich würde mich richtig betrogen gefühlt haben".
Sie: „Mitnehmen. Ja. Einfach mitnehmen. Das war der Grund. Ich wollte es mitnehmen. Im Bett war es mit uns beiden immer wunderbar. Warum sollte ich das auslassen. Ja. Deswegen. Zwischen uns klappte es sehr gut. Das hat mir gefallen".
Ich: „Eines hätte ich zu gerne noch gewusst. Sag mal bitte, wenn ich das fragen darf, du hast doch keine Kinder, nicht?"
Sie: „Stimmt".
„Und warum nicht? Gab's da einen Grund?"
Sie dachte nach: „Weißt du, einen richtigen Grund gab es nicht".
Ich blieb neugierig: „Gab's medizinische Gründe oder so etwas?"
Sie: „Mein Mann wollte ein Kind. Ja. Das hat er sich sehr gewünscht. Aber dafür hätte ich jeden Morgen Temperatur messen müssen".
Ich unterbrach sie: „Das kenn' ich von meiner Frau. Das war ganz schön nervig für sie. Jeden Morgen hat sie mit dem Thermometer im Mund im Bett gelegen. Das erinnere ich noch sehr gut".
Sie: „Na, dann kennst du das ja. Also, zu so etwas hatte ich keine Lust. Nein, das wollte ich nicht. Ich hab's immer drauf ankommen lassen. Wenn's geklappt hätte, ok, wenn nicht, auch ok".
Ich war erstaunt: „Hast du dir selbst denn kein Kind gewünscht?"
Dabei dachte ich an das, was ich mir alles von ihr hatte erhoffen wollen, mich in sie zu verlieben, mit ihr vielleicht eine neue Familie...

Ich sagte, ohne auf ihre Antwort zu warten: „Und wenn ich mich nun doch in dich verlieben würde, was dann?"

Sie war nicht verlegen: „Dann liest du mir aus deinen Gedichten vor oder erklärst mir deine Bilder, ok?"

Damit langte sie nach meinem Arm und legte ihre Hand darauf. Das war sehr freundschaftlich, und es machte klar, dass ich mich nicht in sie verlieben sollte.

Von der Ähnlichkeit zu B. war nichts übrig geblieben. D. hatte sich dargestellt und mir ein liebenswertes Bild von sich gezeichnet. Sie war sie selbst geworden und ich vermisste nichts.

Wir hatten unsere Gläser fast leergetrunken und wollten gehen. Als sie mir so gegenüber saß, fielen mir ihre Augen auf. Sie hatten einen leicht rötlichen Schimmer bekommen. Den bemerkte ich erst jetzt, in diesem Augenblick. Er erinnerte mich an jemanden, der Kontaktlinsen benutzt, sie aber nicht verträgt. Viel später erfuhr ich, dass ihr immer noch, wegen ihrer unglücklichen Liebe, urplötzlich Tränen in die Augen schossen.

Ich zahlte für uns beide und sie bedankte sich: „War ich damit eingeladen? Danke".

Vor dem Restaurant wollten wir uns trennen, und ich sagte: „Als ich dich letztens abfahren sah, hattest du dich nicht angeschnallt".

Sie: „Wie hast du das denn sehen können".

„Na, vom Fenster aus, als ich mit der Jacke zurückkam".

Sie: „Du hast recht. Ich schnall' mich immer erst bei der nächsten Ampel an. Ist so ein Spiel mit mir".

Ich: „Ein gefährliches Spiel. Schnall dich lieber gleich an, bitte".

Sie dachte nach, wie sie meine Besorgnis einstufen sollte. Das gelang ihr aber offenbar nicht. Sie war etwas verwirrt und irritiert. Sie machte die Fahrertür auf, fasste den Gurt an, als wollte sie prüfen, ob er noch da hing, kam zu mir zurück, machte auf halbem Web kehrt und schaute wieder in den Wagen. Dann gab sie mir die Hand, um sich zu verabschieden. Ihr Gesicht verlor den unsicheren Ausdruck und wechselte zu einem überzeugenden Strahlen. Sie gab mir etwas zu kräftig die Hand, wünschte eine schöne Woche und stieg in ihr Fahrzeug.

Ich wandte mich in ihrem Rücken vom Wagen ab. Ich wollte sie nicht spüren lassen, dass ich gerne gesehen hätte, ob sie meinem Rat folgte und sah nicht zurück. Sie würde mich sicher im Rückspiegel beobachten, um ihrerseits zu erfahren, ob ich immer noch so unerklärlich besorgt um sie war. Ja, ich war besorgt. Und ich konnte es mir selbst nicht so schnell erklären. Möglicherweise wollte ich nicht getäuscht sein, von mir, von ihr, Meine Sorge schien aber immer noch B. zu gelten, und nicht der tatsächlichen Erscheinung von D. Das wurde mir ganz deutlich, nur so konnte ich meine ‚kleine Angst' erklären, dass ich meine Gefühle, die ich bis dahin für B. empfunden hatte, zu gerne auf D. übertragen hätte.

Ja, das wäre ein schöner Anfang geworden. Dagegen stand aber ihre Warnung: ‚Verknall' dich bloß nicht in mich'. Ich meinte sogar, dass sie noch gesagt hatte: ‚Das lohnt sich nicht'.

Erst eine ganze Weile nach meinem Weggehen hörte ich, wie sie den Motor anließ.

9

Wieder überkam mich große Sehnsucht nach B. Tag und Nacht war sie in meinem Kopf. Ich malte mir aus, was sie zu welcher Stunde gerade machte und überlegte, ob sie das wirklich machte, oder ob sie mit neuen Dingen, Sachen und Leuten beschäftigt war, von denen ich keine Ahnung hatte. Es mochte immerhin sein, dass sie Bekanntschaften geschlossen, Freunde mit ihrem Charme erobert hatte, sich in fremden Kreisen bewegte.

Ich erfuhr nichts mehr von Familie und ihr. Unsere erwachsenen Söhne mochte ich nicht dauernd mit meinen Problemen und Fragen überfallen. In einem der Briefe, die ich von ihnen erhielt, hatte ohnehin schon gestanden: ‚Für uns Kinder ist das alles, was euch betrifft, auch nicht so einfach'. Das schien mir deutlich, und ich entschloss mich zum hundertsten Mal, sie endgültig außen vor zu lassen. Wenn ich nur meiner Unruhe, meiner Neugier, meiner Sehnsucht nach dieser Frau endlich Herr werden, endlich aufhören könnte, mich ständig selbst zu verletzen. Ich suchte verzweifelt nach einer Formel, einer Überzeugung, einem Vergleich, einem Bild, um mich zu befreien. Es hätte etwas sein müssen, dass mir blitzschnell und immer wieder zeigen würde, wie sehr ich nicht nur mir sondern auch B. mit meinem Klammern wehtat, uns einengte. Es hätte etwas sein müssen, dass mir das bewusst gemacht und mich spürbar hätte erleben lassen. Es hätte mich sofort und unumstößlich von ihr abwenden lassen müssen.

Dann wieder redete ich mir ein, dass diese Brücke gar nicht mehr nötig sei, weil ich ja alles erkannt hatte und mich nur noch danach zu richten brauchte. Das waren sowieso die besseren Voraussetzungen für einen Neuanfang und gemeinsam würden wir es schon schaffen.

Unter diesem Zwiespalt geriet ich in Panik und der stärkste Wille, nichts zu tun und abzuwarten, kam ins Schwanken.

Ich überlegte: ‚Vielleicht wartet sie auf meinen Anruf, vielleicht traut sie sich nicht, mich anzurufen'.

Zu gerne hätte ich mich bei ihr gemeldet und begann einen aussichtslosen Kampf für das, was ich für sie empfand. Ich verbot es mir schließlich, bei ihr anzurufen.

Ich blieb lange sehr hart gegen mich. Sehnsucht blieb ungestillt. Die Nächte wurden mörderisch. Häufig genug musste ich die schweißnasse Bettwäsche und den Schlafanzug wechseln.

In meiner engen Wohnung war es ein Problem, große Wäschestücke zu trocknen. Zusätzlich zu meinen seelischen Tiefs musste ich das Hängen der ‚großen Wäsche' als eine Art Spottgesang auf meine missliche Lage über Tage ertragen. Beim Vorbeigehen berührten mich die nur langsam trocknenden Tücher. Abends blieb ich manchmal bis spät in der Nacht vor dem Fernseher sitzen, hörte nichts zu Ende, schaute nur immer wieder in das Gerät und auf die Uhr und horchte nach innen, ob sich nicht endlich Müdigkeit einstellte. Zu allem Drangsal trank ich manchmal abends gegen meinen Willen, gegen Durst und gegen mein Verlangen Alkohol, so dass ich am nächsten Morgen mit schwerem Kopf hochkam. Das wurde mir aber sehr schnell bewusst, und die Einsicht blieb wenigstens hier Sieger. Nach kurzer Zeit erfasste mich ein neues Tief. Mit meiner Absicht anzurufen, konnte ich keine Hoffnung mehr verbinden sondern nur noch den Wunsch, mich auf eine anhängliche Weise retten zu lassen, ja, Rettung zu erflehen. Wie, wusste ich allerdings nicht. Darüber konnte ich auch nicht nachdenken. Da war nichts zu machen und ich beschloss gegen alle Vorsätze zu handeln. Spannend daran war, wie lange und mit welchen Se1bstbetrügerein ich das hinauszögern würde. Dafür war es günstig, dass ich zum Beispiel am nächsten Tag nicht alleine im Büro sein würde. Das war eine kleine Hürde, denn telefonieren wollte ich nur, wenn niemand anwesend sein würde. Meine Kollegin, die von meinen Schwierigkeiten nichts ahnte, sollte nicht Zeugin werden. Das geschah mehr aus Rücksicht auf sie als auf mich. Sie schien mir einfach zu jung für die Probleme und ich würde mich vielleicht schämen müssen.

Ich spielte das Spiel: ‚Wenn sie den Raum verlässt, rufe ich an, wenn nicht, dann nicht'.

Es dauerte aber nicht lange, und sie meldete sich für Stunden ab. Ich musste mich entschließen, so oder so. Jede Kleinigkeit sollte mir behilflich sein, um alles hinauszuzögern und schaffte es so bis zum Mittag. Meine Kollegin kam wieder, und ich ging in die Kantine. Dieser Tag schien überstanden. Ein zweites Mal würde sie nicht verschwinden. Das wäre ganz ungewöhnlich. Dieser ungewöhnliche Fall trat jedoch wider mein Erwarten ein. Als ich nämlich zurückkam, verabschiedete sie sich ganz selbstverständlich für den Rest des Tages. Sie hatte von mir einen Termin übernommen. Das hatte ich gänzlich vergessen. Mir wurde wirklich das Herz schwer. Die Angst vor großer Enttäuschung lähmte mich. Bis zum Nachmittag verzögerte ich die Entscheidung, dann gab ich auf. Ich konnte nicht mehr anders und wählte B.'s Nummer. Meine Frau geht immer sofort an den Apparat, diesmal aber klingelte es nun schon zum fünften, dann zum sechsten Mal. Ich legte auf und dachte nach. Natürlich hätte sie um diese Uhrzeit längst in ihrer Wohnung sein müssen. Aber sie war es offenbar nicht. Vielleicht hatte sie nur im Keller zu tun oder im Garten. Ich versuchte es nach ein paar Minuten erneut. Ohne Erfolg. Sie war nicht da. Ich wurde unruhig. Sie konnte etwas vorhaben, etwas Harmloses. Es bestand überhaupt kein Grund zu Panik oder Besorgnis. Trotzdem überlegte ich fieberhaft, welche ihrer Gewohnheiten ich übersehen haben konnte. Ich fand nichts. Ich ging die Personen durch, bei denen sie hätte zu Besuch sein können. Es gab einige. Die konnte ich aber nicht anrufen. Das wäre zu blöd gewesen, zu beschämend einfach.
Es gab noch eine andere Möglichkeit. Einer meiner Söhne würde vielleicht Bescheid wissen. Den sollte ich anrufen. Dabei würde ich jedoch das mir selbst abverlangte Versprechen wieder nicht halten und eines der Kinder erneut mit meinen Sorgen behelligen. Darunter litt ich, weil ich mich so wenig beherrschen konnte.
Alles war verteufelt, voller Hindernisse im Detail, überall standen Hürden im Weg. Mein Sohn war nicht dumm.
Ich erreichte ihn schnell und er verstand sofort die vorangeschickten Fragen nach seinem Studium und wie es ihm ginge, nach seinen Freunden und nach dem, was er zur Zeit gerade machte, als Einstieg in die eigentliche Kernfrage: „...weißt du, wo Mami sein könnte?"
Er antwortete ganz frisch: „Du, die ist hier. Sie steht neben mir".
Treffer nach so viel Zögern und so viel Unsicherheit: „Besucht sie dich?" „Nein, wir arbeiten etwas auf dem Computer aus. Ich helfe ihr dabei. Willst du sie sprechen?"

Und ob ich wollte: „Frag' sie bitte, ob sie mit mir sprechen möchte, sonst hat es keinen Sinn".

Ich hörte ihn fragen. Dann: „Sie kommt".

Sie meldete sich: „Ja? Ich bin's. Was gibt's". Ich hörte ihre freundliche Stimme, als ob nichts auf der Welt ihr Herz beschweren könnte oder je beschwert hätte.

Das machte mich sofort wütend. Ich versuchte mich zurückzunehmen und sagte: „B., begreif doch bitte. Meine Sehnsucht nach dir ist so groß, dass ich ab und zu wenigstens deine Stimme hören möchte. Du machst dich so rar, du meldest dich wieder nicht, ich erfahre nichts. Ich muss einfach deine Stimme hören, Kannst du das nicht verstehen? Geht es dir nicht auch so?"

„Du, ich habe so viel um die Ohren. Wir schreiben gerade Zeugnisse". „Ach, so. Hilft man dir dabei?"

„Ja".

Früher hatte ich das für sie gemacht. Die Texte mussten dauernd neu ausgedruckt und nachberichtigt werden. Wenn das nicht schnell genug ging, reichten die Tage bis zum Ausgeben nicht aus. Dann mussten Nachtschichten eingelegt werden. Ich hatte ihr damals ein System ausgearbeitet. Das kannte mein Sohn aber nicht. Deshalb waren beide unter Zeitdruck geraten.

Ich fing wieder an: „Wenn du wenigstens verstehen würdest, wie es in mir aussieht. Du könntest mich doch 'mal anrufen".

Sie antwortete und war erregt: „Ich würde dich gerne anrufen, aber ich weiß ja, wohin das führt. Du willst gar nicht, dass ich dich anrufe, sondern nur, dass ich dir ein Zeichen gebe, dass alles wieder so wird, wie es früher war. Und das kann ich nicht".

„Es soll und kann doch bestimmt nicht wieder so sein oder werden, wie früher. Wenn du nur über die Möglichkeit eines gemeinsamen Anfanges nachdenken würdest. Wenn du es mich nur wissen lassen würdest, dass du darüber nachdenkst, dann wäre ich ja schon zufrieden".

Sie wieder: „Du willst nicht hören, dass ich darüber nachdenke, sondern du redest dir ein, wenn ich sage: ‚Ja, ich denke darüber nach', dass ich dann zu dem Schluss kommen muss, dass es eine Gemeinsamkeit geben kann".

Ich: „Ja, das ist richtig. Alles andere will ich nicht hören. Nur das möchte ich wissen. Es soll mir dann letztes Endes auch gleich sein, ob du dafür noch Zeit brauchst oder wie lange es überhaupt dauert. Hauptsache ist, dass es eine Aussicht gibt".

Sie: „Eben. Und ich bezweifle, dass es eine solche geben kann. Ich seh jedenfalls keine".

Das war das, wovor ich Angst hatte. Ich schwieg einen Augenblick betreten und musste mich zusammenreißen, dass mir nicht die Tränen gleich wieder in den Augen standen: „Du könntest doch darüber nachdenken".

Ich blieb zwar hartnäckig, wünschte und redete aber fortwährend dasselbe und kam nicht von der Stelle. Es fiel mir auch nichts anderes ein.

Ich begann von neuem: „Ich würde aufatmen, wenn du sagen würdest, dass du darüber nachdenkst".

Sie: „Neulich zum Beispiel wollte ich dich anrufen. Da war das Rohr von der Toilette wieder verstopft".

Ich erinnerte mich, dass wir ungeheuren Ärger mit dem Abflussrohr gehabt hatten, mit den überquellenden Toiletten und dem ganzen Schmutz im Keller. Ich erschrak richtig, als ich hörte, dass sie nun allein vor dem Problem gestanden hatte.

„Ich brauchte die Telefonnummer von der Firma. Ich wusste nicht mehr, wo du die aufbewahrt hattest. Aber wenn ich dich angerufen hätte, hättest du bestimmt zu mir gesagt: ,Wegen Scheiße rufst du mich an und sonst nicht".

Ich musste lachen: „Du hast recht. Das hätte ich gesagt. Und es wäre etwas Wahres dran gewesen".

Sie: „Für mich war das aber wichtig gewesen".

Ich: „Das stimmt. Ja, das glaube ich dir".

Sie plötzlich wieder: „Ich glaube, du kannst dir nicht vorstellen, dass ich pausenlos darüber nachdenke".

Ich: „Ehrlich gesagt bin ich davon überzeugt, dass du nicht eine Sekunde deiner Gedanken darauf verschwendest. Wenn es aber so ist wie du sagst, dann bin ich ja froh und glücklich. Mehr will ich gar nicht hören von dir".

Sie wieder: „Du willst aber nicht wahrhaben, dass ich zu dem Schluss kommen könnte, dass ich keine Möglichkeit des Zusammenlebens mit dir sehe. Und immer, wenn ich das sage, fällst du in ein schwarzes Loch. Das merk ich doch. Du findest da auch alleine nicht wieder heraus. Was machen denn deine Therapeuten. Kommst du bei denen nicht zu Wort? Sprich doch mit ihnen darüber. Die sollen dir helfen".

Das Fatale ihrer Antworten war immer wieder gleich. Mit keinem Wort ließ sie sich auf eine Gefühlsebene ein. Ich erinnerte mich. Als ich ihr einmal vorgeworfen hatte: ‚Du liebst mich nicht, du hast mich nie geliebt', und noch wahrheitsgemäß erweiterte, so dass sie betroffen für einige Sekunden in sich hineinhorchen musste: ‚Als wir noch nicht einmal verlobt waren, hast du mir zwei Dinge gesagt, weißt du das noch?'

Sie damals ganz unsicher: ‚Wieso, ich?'

‚Ja, du'.

Du hattest gesagt: ‚Zwei Sachen wirst du nie von mir hören, dass ich dich liebe und dass ich mich bei dir für irgendetwas entschuldigen werde'.

Bei meinen Vorhaltungen schien mir der Hauch eines Lächelns über ihr Gesicht zu huschen. Dann aber war sie außer sich vor Wut geraten und hatte geschrien: ‚Ich dich nicht geliebt? Ich habe dir sogar die Unterwäsche gekauft'.

Wie sollte ich ihr näher kommen können. Wie nur, wie!

Jetzt war ich so ermattet: „Ich weiß nicht, was ich denen sagen soll. Mein Problem kennen die. Außerdem fühle ich mich da nicht wohl. Ich bin da nicht richtig. Ich glaube auch, dass die mich nicht vollwertig behandeln. Es gibt andere, die echte Probleme haben".

Sie: „Du hast auch echte Probleme. Sprich mit denen".

Ich sah eine kleine Chance: „Sprich du mit ihnen. Du weißt doch offenbar, was los ist".

Mein Hintergedanke war, über diesen Weg mit ihr ins Gespräch zu kommen. Sie sagte sofort: „Ich bin nicht deine Mami, die sich um alles kümmert. Das musst du selbst machen, und dein Konto kann ich auch nicht führen".

Ich wurde spöttisch, um sie zu reizen, denn mit Geld konnte und mochte sie gerne umgehen: „Das müsstest du auch ablehnen, weil ich mich auf einer direkten Talfahrt befinde. Das Sparbuch ist leer und ich habe derzeit fast zweitausend minus".

Sie: „Wie machst du das bloß". Dann wurde sie trotzig: „Will ich auch gar nicht erst wissen. Du musst damit umgehen lernen".

Sie hatte mich erneut zurückgestoßen. Mein Fall war weich und endlos. Ich sackte durch. Der Aufschlag blieb aus.

Sie sagte dann: „Du, ich muss hier jetzt wirklich weitermachen".

Das sah ich ein. Ich wusste, wie ihr die Minuten in Nacken saßen. Die Belastung war für sie doppelt, einmal die Schreiberei und dann ich.

Sie, für sich, schien ihre Probleme handhaben zu können. So sah es jedenfalls aus für mich. Das mochte aber durchaus täuschen. Es konnte zum Beispiel so sein, dass sie selbst immer mehr in ein schwarzes Loch fiel und sich deshalb darin so gut auskannte.

Ich sagte: „Du hast Einzelbehandlung, ja? Kommst du damit zurecht? Glaubst du, dass das besser ist als in der Gruppe?"

Endlich hatte ich einen Absprung gefunden.

B.: „Also, ich werde jedenfalls manchmal ganz schön rangenommen. Das ist für mich bestimmt nicht leicht. Ich habe so viel nachzuholen. Der Arzt wundert sich immer, dass ich mir das alles so viele Jahre habe gefallen lassen".

Ich: „Du, das ist so unfair, wie du das sagst, weil es sich wieder anhört, als ob es nur und ausschließlich meine Schuld wäre, dass es dir so schlecht geht. Damit haben noch ganz andere etwas zu tun".

Sie wich aus: „Wenn wir damit wieder anfangen, sind wir dort, wo ich mich wehren muss. Das will ich nicht. Da könnte ich dir tausend Sachen vorhalten".

Ich wehrte mich auch: „Und der Schaden, den du an mir angerichtet hast, zählt natürlich nicht, nein? Aber o.k. lassen wir das. Eine Einzelbehandlung kann ich meinen Leuten nicht klarmachen. Die sind ja schließlich die Psychologen und nicht ich. Wenn die nicht erkennen, was mit mir los ist, wer soll es denn dann. Doch nicht ich, als Betroffener".

Sie: „Gut. Das musst du wissen. Ich rat dir jedenfalls, sprich mit denen oder wechsle die Ärzte. Du kannst deine Versicherung anrufen und denen erzählen, dass du nicht vorankommst und um einen anderen Arzt bitten. Das geht ohne Probleme. Glaub' mir".

Ich glaubte ihr ja. Nur mein Problem war nicht, mich von dem Gedanken an B, frei zu machen, wie sie es gerne hätte, sondern eine Möglichkeit zu finden, endlich mit ihr wieder zusammen zu kommen.

Sie: „Aber du willst ja gar nicht wissen, wie du nicht mehr ins schwarze Loch fällst, sondern du möchtest nur möglichst schnell wieder mit mir zusammenkommen. Du, ich muss jetzt wirklich meine Sachen weiter machen".

Ich raffte mich noch einmal auf und sagte: „Ich hätte noch so viel mit dir zu besprechen: ein Geburtstagsgeschenk und was soll ich machen wegen der Einladung von U. Ich habe mich darüber so geärgert, weil sie kein persönliches Wort an mich gerichtet hat. Und das in meiner Situation und das, obwohl sie doch meine Schwester ist. Ich muss auch von dir wissen, wie du mit dem Geld zurechtkommst, ob das reicht, was ich dir schicke. Ach, ich müsste noch viel fragen. Aber ok...."

Ich horchte. Es kam keine Antwort.
Ich: „Bist du noch da?"
Sie: „Ja".
Ich: „Du musst aufhören?"
Sie: „Ja".
Ich: „Gut. Dann Tschüss".
„Tschüss".
Sie legte auf. Die Leere in mir war schlimm. Sie weitete sich aus und hielt den ganzen Abend über an.
Tränen hatte ich keine mehr. Die Seufzer waren aber oft so tief, dass ich schließlich keine Befreiung im Aufatmen mehr hatte. Der Brustkorb und der Hals schmerzten. Ich konnte niemanden mehr, auch nicht mich, beschuldigen und hoffte nur: ‚Lieber Gott, lass es bald vorüber sein'. Spät nachts erwischte ich mich immer noch vor dem Fernseher. Was dort gesandt wurde, nahm ich mit einem Mal ganz interessiert wahr. Es schien in weitem Zusammenhang etwas mit meiner Situation zu tun zu haben. Ich schaute gebannt hin und achtete auf jedes Wort.
Eine Auslandkorrespondentin berichtete aus Russland. Sie zeigte alleinstehende Frauen mit und ohne Kinder und die hoffnungslosen Zustände unter den Erwerbslosen, die sich schrecklich brutal in der Wohnungsnot widerspiegelten. Die wenigen Wohnungen, die vergeben wurden, waren unbeheizt in Altbauten aus der Jahrhundertwende. Die durften sie aber nicht alleine nutzen, sondern sie waren darin mit Menschen zusammengepfercht, überwiegend verwahrlosten Männern in einem eigentlich brauchbaren Alter. Die Frauen hatten überhaupt keine Möglichkeit, auch nur den kleinsten Verdienst legal zu erwirtschaften und suchten mit allen Mitteln den Anschluss an bestimmte Männer. Die hätten für sie eine Lebenssicherung bedeuten können. Die meisten Männer, die diese Frauen kannten, und sehr häufig waren es die eigenen Männer, konnten keine Versorgung mehr bieten.
In ihrer Verzweiflung versuchten die Frauen sich Ausländern vorzustellen, verbunden mit der Hoffnung, in eine bessere Zukunft heiraten zu können. Einige von ihnen waren gebildet, viele sehr hübsch. Alle hatten eine klare Vorstellung von ihrer neuen Zukunft, neben einem solchen Mann.
Eine dieser Frauen wurde in ihrer Wohnung gefilmt. Sie ließ sich gerade in Schwärmerei darüber aus, dass es ihr nicht auf eine Besonderheit des Mannes ankäme sondern nur auf die Tatsache an

sich: „Er darf alles sein, sogar arm. Damit kennen wir uns am besten aus".

Während der Übersetzung des Gespräches ging die Frau mit einem kleinen Mädchen an der Hand in einem Flur auf und ab und, ohne dass sie überhaupt Notiz davon nahm, erschien unterdessen aus einer Flurtür ein Mann hinter ihr. Er blickte verständnislos, schwerfällig und irritiert in die Kamera, zu dem Kind und hinüber zur Frau.

Die stand als schlanke Person in lange Tücher gehüllt, fast elegant da. Um sie zu verstehen, brauchte man keinen Übersetzer. Der Mann im Hintergrund bot das Bild der Abhängigkeit von der Frau. Ihr tat sich noch ein Fluchtweg auf, der ihm versagt blieb. Sie konnte sich loslösen, er nicht.

Dieses Bild stand wenige Augenblicke fest vor meinen Augen. Es prägte sich intensiv ein. Das Gespräch wurde unwichtig. Die sozialen Probleme erreichten mich nicht mehr.

Ich achtete nur noch auf meine Gedanken und staunte: ‚Da sucht eine Frau in Russland einen Mann und ist bereit Tausende von Kilometern dafür zu reisen, eine fremde Sprache, eine fremde Kultur auf sich zu nehmen. Sie hält Ausschau nach einem Mann, obwohl einen Meter neben ihr einer steht und den erreicht sie nicht. Das ist die völlige Entfremdung.

In diesem Bild erfuhr ich mich als der von B. Entfremdete. Das gab ich vor mir zu und erkannte meine Lage. B, floh vor mir. Sie war nicht mehr zu erreichen. Das sah ich ein.

Mir fiel es wirklich wie Schuppen von den Augen. Könnte ich aus meiner Gefühlswelt herausfinden, würde sie mich wieder deutlicher wahrnehmen, würde sie sich ihrer Liebe zu mir erinnern, käme' sie mir entgegen.

Die größte Wunde begann sich in Sekundenschnelle mit körperlichem Wohlsein in mir zu schließen. Es war wunderbar. Eine jubilierende Musik stieg in mir auf. Mein Tränen, mein Schluchzen verwandelten sich in ein lange vorübergezogenes Gewitter. Davor brauchte ich keine Angst mehr zu haben.

Es traten Ruhe und ein großes Glücksgefühl ein. Ich wurde völlig überrascht davon. Dabei beäugte ich mich vorsichtig. Würde ich wieder trügerischen Hoffnungen aufsitzen? Ich machte einen Plan. Dazu würde ich mich beobachten und kontrollieren müssen. Von außen sah ich mir in den kommenden Tagen und Wochen über die Schulter, blieb mir behutsam auf den Fersen, überwachte jedes

Gefühl, das sich regte. Brachte es mich nur in die Nähe des Verdachtes, meine alte Abhängigkeit zu erleben, so schob ich das ‚stehende Bild' der Russin und dem Mann dazwischen und wurde wieder froh. Nur so, schaffte ich es.

In die nächsten Wochen fiel eine Sitzung meiner Therapiegruppe, und ich empfand mich allen überlegen. Nichts konnte mich mehr zurückwerfen. Mein Vorsprung schützte mich gerade deshalb, weil ich wusste, wie trügerisch solche rettenden Einbildungen zu sein vermochten. Immer wieder musste Selbstbetrug von mir vermutet werden. Nur die Wahrheit war stark genug, zu bestehen. Dies musste die Wahrheit sein.

Meine Aufgabe bestand von nun an darin, die Sucht nach B. zu erkennen und meine Liebe zu ihr auf völlig neue, eigene Füße zu stellen.

Ich hätte B. am liebsten angerufen und ihr alles erklärt. All das betraf sie aber nicht mehr. Es war ganz alleine mein Erfolg.

Trotzdem beschloss ich, ihr ein paar Zeilen zu schreiben. Sie sollte nicht nur von meiner Entdeckung erfahren sondern vor allen Dingen deren wohltuende Folgen mit meinen Worten für sich empfinden können.

Ich wartete noch ab bis ich ganz sicher war und schrieb ihr so:

‚Liebe B.

ab heute sage ich aufrichtig ‚liebe', weil ich nicht mehr in ein Loch stürzen werde, wie du es richtig gesagt hast. Ich möchte dir das erklären...'

Dann habe ich mit einfachen Worten beschrieben was ich erlebt hatte: ‚...ich habe es begriffen. Ich hatte als ein Ertrinkender an dir gehangen und dir keine Luft mehr zum Atmen gelassen. Es hat wenig Sinn, dass ich dir, oder mir sage, wie leid es mir tut. Es ist aber wichtig, es zu wissen. Ich sage ‚liebe' zu dir, weil ich dich auf eine andere und ich glaube neue Weise liebe Ich möchte dir das alles erklärt haben, damit es auch dich ein wenig freier macht. ...Lass dir von mir zu deinem Geburtstag ruhig ein kleines Geschenk machen. Es ist ehrlich und aufrichtig gemeint.

Ich liebe dich, H.'

Ich schlug ihr außerdem vor, ein gemeinsames Gespräch bei ihrem Therapeuten zu bekommen. Darauf mochte ich aber nicht so fest zählen, weil ich zu dem Menschen sehr ungern erneut gehen würde. Den Vorschlag machte ich ihr auch nur, um sie wissen zu lassen, dass ich mich ehrlich um sie bemühen wollte, ohne auf alte

Erfahrungen zurückzugreifen. Ich war froh über diese Entwicklung und begann ausstehende Einladungen, bis auf die bei meiner Schwester, U. anzunehmen. Der blieb ich gram, weil sie ihren schwesterlichen Pflichten mir gegenüber in den Tagen, wo ich für jedes Gespräch dankbar gewesen wäre, nicht nachgekommen war. Sie sollte wissen, dass ich mich von ihr enttäuscht fühlte.

Meine gute Laune stieg ins Ungewohnte.

Als der Geburtstag von B. heranrückte, packte ich ihr ein Tuch in einen Briefumschlag und sandte es, nur mit herzlichen Glückwünschen versehen, an sie ab, Mein Sohn entdeckte in meiner Wohnung neue Bilder von mir, und nahm davon eines auf eigenen Wunsch auch noch für sie mit: ‚Ich sag Mami, dass ich dich dazu überredet habe'.

Nichts war mir lieber als das.

Am Tage nach ihrem Geburtstag würde sie ein Gartenfest geben. Eine ihrer Freundinnen hatte mich angerufen und mir davon erzählt. Ich geriet zwar wieder in die Situation des von der Familie Ausgestoßenen, aber letzten Endes ging es mir doch ganz gut. Ich stürzte nicht ab, sondern wünschte ihr in Gedanken einen schönen Tag und ging selbst zu einem Straßenfest. Das wurde weit, weit entfernt in einem anderen Teil der Stadt gefeiert.

10

Das Straßenfest entpuppte sich als ein Gemisch aus einer Angelegenheit für reiche Leute, die Geld für gutes, kleines Essen, für teure unbrauchbare Dinge ausgeben wollten und dem geheimnisvollen Angebot eines Flohmarktes mit wunderschönen abgelegten, scheinbar wirklich mit Geschichten behafteten Gegenständen und Dingen zum Tragen und zum Nichtsdamitanfangenkönnen für Menschen, die gerne in die Vergangenheit horchten und dafür diese Gelegenheit annahmen. Sie konnten in gut erhaltenen, alten Büchern herumstöbern. Sie sahen Handwerkszeug, das nur noch fremd und zum Anschauen reizvoll war, weil niemand deren Bedeutung so ganz richtig erinnerte. Sie entdeckten vor allen Dingen in altem Schmuck ihre eigene Herkunft und ließen sich dessen Erwerb einiges kosten. Sie erstanden damit ein Stück Vergangenheit.

Bei Schmuck kannten sich sehr viele sehr gut aus. Sie unterschieden sofort die Länder der Herkunft, das Alter, die Bedeutung. Bei eingearbeiteten Edelsteinen wurde der Schliff fachmännisch begutachtet, die Fassung genau betrachtet und der Preis nicht mehr als Gegenstand des Handelns gesehen, sondern als Frage, ob der Verkäufer das richtige Gefühl für den wahren Wert seiner Schätze hatte. Wer dort kaufte, zahlte ohne große Geschichten. Die Höhe der Preise überschritt oft das, was man auf einem Flohmarkt eigentlich auszugeben bereit sein sollte.

An altem Schmuck blieb auch ich hängen, allerdings aus anderen Gründen. Ich kam nämlich nicht umhin, mir die früheren Trägerinnen, deren Nachfolgerinnen oder Vorgängerinnen bildlich vorzustellen, mit dem Gedanken: ‚Ich bin jetzt die Trägerin des Schmuckes von damals. Ich will wissen, was nach meinem Tod mit dem von mir so geliebten Schmuck geschehen ist. Habe ich ihn vererbt? Ging er verloren? Hat ihn eine Verwandte, eine Fremde in die Hand bekommen?'

Mit diesen Gedankenspielen machte ich mich nicht nur zur Erstbesitzerin sondern schlüpfte auch in die Haut der Verkäufer hinter dem Stand und betrachtete mich, den Interessenten davor, mit größter Neugier.

An einem der Stände sah ich in eine verschlossene Glasschatulle. Mein Blick blieb an einem kleinen Ring mit zwei Rubinen, einem Smaragd und zwei weiteren winzigen Südseeperlen, die in einem Karo aufgebaut waren und in dessen Mitte der weiße Stein saß, während die übrigen das Viereck bildeten, hängen. Es war eine alte englische Arbeit, sicher über hundert Jahre alt und hatte den persönlichen Reiz, als Einzelstück geliebt werden zu müssen. Er gefiel mir sehr gut. Er sollte dreihundertfünfzig kosten. Ich hätte ihn wirklich zu gerne erstanden, aber für wen? Wem hätte ich ihn schenken können? Niemand fiel mir ein. Das bedauerte ich außerordentlich.

Der Verkäufer sah natürlich, wie ich den Ring liebte und hob den gläsernen Deckel seiner Schatulle an. Alles lag auf blauem Samt. Es war zu schön, mir das ansehen zu dürfen.

Ich probierte den Ring: „Meine Frau hat sehr schmale Finger". Ich hörte mich reden und erstaunte über die Worte.

Ich sagte: „Wenn der Ring über meinen kleinen Finger, hier rechts geht, dann passt er auch ihr".

Er saß ganz genau. Ich erschrak darüber, weil ich den Ring gar nicht kaufen wollte. So eine Ausgabe wäre bei meiner angestrengten Finanzlage der reine Wahnsinn gewesen.

Ich sagte deshalb: „Mehr als dreihundert kann ich sowieso nicht ausgeben", und gab den Ring zurück.

Der Verkäufer war nicht irritiert. Er legte den Ring beiseite, aber nicht in sein Fach zurück.

Mein Blick blieb an einer Halskette hängen.

Als wären ich, der Verkäufer, und die ehemalige Besitzerin nun wirklich ein und dieselbe Person und, als trüge diese meine Gedanken, ja, als spräche ich zu mir, sagte der Verkäufer: „Die Kette ist etwas Einmaliges. Sie ist zwar aus Doublé und die Steine sind nur aus Glas, aber es ist verbürgt, dass sie nur von Frauen getragen wurde, die sehr geliebt worden sind".

Dann noch einmal: „Sehr geliebt".

Ich hätte zu gerne etwas Zauberhaftes gehabt, um die Liebe von B. zurückzugewinnen. So verrückt war ich inzwischen.

Ich begann mich mit ihm über B. zu unterhalten: „Das könnte passen. Ja, das träfe auf meine Frau zu. Sie ist auch sehr empfindlich in Sachen Schmuck. Es muss nicht unbedingt alles echt sein, sondern, was ihr gefällt, muss Ausstrahlung haben, Liebreiz sozusagen".

Mein Gott, wenn ich mich so hörte. Um uns herum standen schon Leute, die einer Märchenstunde zu folgen schienen. Sie sagten kein Wort, hörten nur gespannt zu.

Der Verkäufer beobachtete mich und beschrieb die Kette mit ihren Besonderheiten: „Das Schöne an ihr ist nicht nur die reine handwerkliche Leistung, die sehen sie an den gelungenen Einfassung der Steine..."

Die hingen wie Gedanken, wie Erinnerungen in eigenen Kettchen, die von der Hauptkette abgingen. Links und rechts davon und auch dazwischen verliefen andere hauchdünne einzelne vergoldete Bändchen, die winzigen Schaukeln gleich, nur jeweils aus einer einzigen Aufhängung, ohne Sitzbank, bestehend, in- und durcheinander gerieten. Es herrschte fröhliche Unordnung in dem ganzen. Eine Miniaturmärchenlandschaft die von den zwei roten und den beiden blauen Steinen, Glasfenstern als winzige Seen, aufgeheitert wurden.

Bei jeder kleinen Erschütterung geriet alles in Bewegung und schien zu erzittern.

Er fuhr fort: „...sondern die Verspieltheit des Ganzen, die dauernden Bewegungen beim Tragen.."

Es war ein Schmuck zu dem das Lächeln einer Frau gehörte.

Ich dachte nur noch an B., an ihre leichte Art und ihre braune Haut: ‚Mein Vater hat immer behauptet, dass ich von Zigeunern abstamme'. Das sagte sie, wenn sie guter Laune war und jemand ihre Haut bewunderte.

Trotzdem war ich mir meiner Sache nicht sicher und schaute mich um. Neben mir stand ein etwa zwölfjähriges Mädchen. Das hatte eine ähnliche Haut wie B. Auch sein Gesicht kam mir sehr vertraut vor. Ich fragte es: „Du, darf ich dir eben 'mal die Kette umhängen? Ich möchte nur sehen, wie sie wirkt. Ja?"

Das Mädchen hatte ein sanftes Lächeln, nickte stumm und hielt ganz still. Ich sagte: „Genau das ist es, was sich meine Frau wünscht. Danke, du". Damit nahm ich ihr die Kette wieder ab und gab sie dem Verkäufer zurück. Der sagte: „Wenn sie zu lang sein sollte, kann man sie kürzen".

Die Leute verfolgten das Gespräch immer noch mit Spannung. Ich zögerte. Für einen Augenblick fiel mir meine Geldmisere wieder ein, und ich hörte meinen Bruder sagen: ‚So wirst du niemals mit deinem Geld zurechtkommen'. Mir fiel siedend heiß ein, dass ich nicht einmal Gelegenheit haben würde, sie zu verschenken. Der Geburtstag war ja praktisch vorüber. Mein Geschenk hatte ich abgegeben und ein ‚großes' Geschenk hatte sie nicht haben wollen. Dann war ich wieder in meiner Wunschwelt, in meinen Traumvorstellungen, und hatte nur noch den Schmuck vor Augen. Die Zeit meines Zögern deutete der Verkäufer auf seine Weise: „Also, die könnte ich Ihnen auch für dreihundert lassen. Bei dem Ring fiele mir das schwerer". Damit hatte er mich herum. Ich kaufte. Die Zuschauer waren zufrieden und schlenderten weiter. Einige machten noch Bemerkungen zu ihren Nachbarn. Die verstand ich aber nicht. Für sie hatte die Geschichte einen glücklichen Ausgang genommen, für sie war es nicht das Erstehen eines Gegenstandes gewesen, sondern der Entschluss, einem geliebten Menschen etwas Schönes, um der Liebe willen, zu kaufen. Mich ließ der Gedanke nicht los, dass dieser Schmuck nur von sehr geliebten Frauen getragen worden war. Natürlich nahm ich das für mich als ein Zeichen.

Auf so einem Markt wird beim Verkaufen nichts aufwendig sondern nur harmlos, aber liebevoll, verpackt. Man wickelt die Gegenstände in Zeitungspapier, gleich wie viel sie gekostet haben mögen. Manchmal findet sich ein schöner Umschlag, der selbst ein Eigenleben führen könnte, oder eine Schachtel: „die geb' ich Ihnen dazu. Sieht die nicht hübsch aus?"

Für meine Halskette fand sich eine kleine, braune Tüte. Darin hätten auch Radiergummis liegen können. Mir gefiel es aber so, und ich war mit mir zufrieden.

Ich bekam Hunger und kaufte mir eine Portion Champignons. Die wurden in einer riesigen Pfanne gebraten oder gesotten, dufteten verführerisch und waren mit vielen Kräutern gewürzt. Die Portion war knapp ausreichend. Da ich die Pilze sehr mochte, hätte ich gerne mehr davon gehabt, aber eine zweite Portion wäre wiederum zu viel und mir auch zu teuer geworden. Ich hatte aber Glück. Die Verkäuferin konnte ein geringes Restgeld nicht herausgeben. Ich wollte schon darauf verzichten und sagte: „Lassen Sie's oder geben Sie mir noch einen Pilz extra".

Sie fand den Einfall gut und gerecht und füllte mir fast die halbe Portion noch zusätzlich auf den Teller. Sie freute sich, dass jemand ihre Naturalien dem Geld vorzog.

Sie fragte: „Ist das gut so?"

„Ja, danke. Ja, das ist sehr nett von Ihnen".

Dann trank ich noch ein schönes Bier und genoss an einem anderen Stand, wo gelangweilte, schlanke Frauen in leuchtende Stoffe gekleidet mit Männern Champagner tranken, Folkloremusik, die einmalig zu dem heißen Wetter, meiner Stimmung und meinem Selbstwertgefühl passte. Ich blieb neben den Paaren stehen und lauschte den Rhythmen bis ganz zum Ende. Niemand fragte, ob ich etwas bestellen wollte. Dann schlenderte ich zum Ausgang und fuhr nach Hause.

Ich sah mir meine Erwerbung wieder und wieder an und fand sie immer schöner. Ich wusste nicht recht wohin damit und hing sie mit zwei Stecknadeln an die Tapete und zwar über den Nachttisch des unbenutzten zweiten Teiles meines Doppelbettes. Dort blieb sie aber nicht lange, weil ich die Kette nicht für eine Wand gekauft hatte, sondern für den Hals von B. So wurde ich traurig, mochte sie nicht mehr anschauen und wickelte sie endgültig in ein kleines Stück Seidenpapier. Das steckte ich zurück in das braune Tütchen und das wiederum in die Nachttischschublade.

Wer wusste warum, oder wozu ich sie überhaupt gekauft hatte.

Am späten Abend holte ich sie doch noch einmal hervor und war immer noch ganz verliebt in ihre Schönheit und in die Vorstellung der Frauen, die sie getragen haben mochten.

Ich beschloss, sie für später, vielleicht für ein glückliches Wiedersehen, aufzubewahren und mir nicht dauernd damit das Herz schwer zu machen. Der Entschluss war endgültig und ich kam zur Ruhe.

Wir hatten hochsommerliche Tage. Alle stöhnten unter der Hitze. Spazieren gehen konnte man nur am Abend. Das nahm ich mir für den nächsten Tag vor.

Lange nach dem Abendessen ging ich hinaus und geriet, ohne Absicht, in die Nähe der Wohnung von B.

Ich sah dort eine Frau, die von einem Hund, wie wir ihn hatten, an der Leine über die Straße gezogen wurde. Im ersten Augenblick dachte ich, dass das unser Hund sein konnte, er schien mir aber viel größer zu sein. Ich ging weiter auf die Frau zu und sie auf mich. Plötzlich zog der Hund sie erneut und diesmal direkt zu mir. Der Hund hatte mich erkannt. Ich erschrak so sehr, dass ich spürte, wie ich blass wurde. Mein Herz raste und ich sah die Frau um eine Haussäule herumkommen und mich nun auch erblicken. Ja, es war meine Frau. Es war B. Ich sah sie an und war unfähig, ein Wort von mir zu geben.

Sie schaute mich mit großen, runden Augen an und sagte nach einigen Augenblicken: „Ich bin kein Geist".

Ich blieb sprachlos. In meinem Kopf hatte nur ein Gedanke Platz: ‚Bevor das Theater wieder anfängt, geh' ich einfach weg'.

Ich presste die Lippen fest aufeinander, begrüßte auch den Hund nicht. Der konnte aber gar nicht von mir lassen und jaulte herum.

Ich drehte mich ab und ging in meine Richtung weiter. Das ließ der Hund nicht zu. Er zog mit langer Leine hinter mir her und meine Frau mit sich. Das spürte ich erst, als ich sie rufen hörte: „Wohin gehst du?"

Ich blieb stehen. Ich wachte buchstäblich auf und bückte mich zum Hund und begrüßte ihn. Mein Blick ging noch immer nicht in die Richtung meiner Frau. Plötzlich aber fiel mir mein Geschenk ein und ob es nicht vielleicht ein glücklicher Zufall war oder mehr, ob es nicht so hatte sein sollen. Ich war zu allem entschlossen, ging auf B. zu, nahm sie einfach in die Arme und versuchte sie zu küssen.

Das war nun nicht so, dass sie sich das gefallen lassen wollte. Sie bemühte sich, ihren Mund nicht in meine Richtung zu halten. Trotzdem schaffte ich es, ihn richtig, aber gegen einen gewissen Widerstand, ausführlich unter meinen zu bekommen.

Ich ließ sie wieder frei.

Sie sagte: „Lass das bitte".

Ich: „Du weißt doch überhaupt nicht mehr, wie es ist, von einem Mann in den Arm genommen zu werden. Du weißt, dass ich dich liebe".

Ich nahm ihre Hand und legte den Rücken auf meine Brust. Mein Herz schlug wie verrückt.

Dann fragte ich: „Wie geht's dir?"

Sie musste spüren, wie ich vor Freude über unser Treffen immer aufgedrehter wurde.

Ich sagte: „Komm, wir gehen ein Stück zusammen. Komm mit über die Brücke, dann kann ich dir endlich meine Wohnung zeigen".

Wir waren jetzt genau ein halbes Jahr auseinander. ‚Getrennt von Tisch und Bett', wie sie mir gesagt hatte.

Sie: „Nein, ich komm nicht mit. Ich geh' auch nicht mit in deine Wohnung. Ich weiß, was mich da erwartet".

Ich: „Ach, was. Komm mit".

Sie: „Nein".

Ich: „Was du nicht weißt, ich habe noch ein Geburtstagsgeschenk für dich, ein richtiges. Etwas ganz Süßes. Das wird dir gefallen. Das konntest du nicht bekommen, weil du ja nichts Richtiges haben wolltest. Es ist nicht wertvoll, war zwar teuer, und es ist wirklich ganz süß".

Sie zögerte unendlich lange herum und wollte uns wohl schonen. Ich wollte aber keine Schonung, weder für mich, noch für sie.

Ich packte sie am Handgelenk und sagte: „So, jetzt kommst du mit mir mit. Jetzt machst du endlich 'mal wieder, das, was ich dir sage. Wir gehen über die Brücke und ich hol das Geschenk".

Damit zog ich sie mit mir und sie den Hund über die kleine Brücke zur anderen Seite der Bahn.

Sie: „Jetzt geht das schon wieder los. Du bestimmst einfach über mich".

Ich: „Seit wir uns kennen, denk nur damals an die Wiesen in Österreich, schon da musste ich dich den Hang runterziehen, bloß weil du dich nicht entschließen konntest. Nun mach bitte, was ich von dir möchte. Komm".

Ich behielt sie fest im Griff. Drüben, auf der anderen Seite ließ ich sie los. Es waren nur noch wenige Meter bis zum Hochhaus, in dem ich wohnte.

Sie strich sich mit der freien Hand und der Leine darin über den Unterarm: „Das gibt sicher blaue Flecken. Wie kommst du dazu, mich so zu ziehen".

Ich: „Freiwillig wärst du doch nicht mit gekommen. Darf ich dir die Wohnung zeigen? Bitte, komm mit".

Sie sah mich sehr prüfend an: „Du willst mich doch nur nach oben kriegen".

Ich wurde übermütig: „Na klar, was denkst du denn".

Sie: „Und ich hätte dir beinahe geglaubt. Keinen Schritt setze ich in deine Wohnung".

Inzwischen hatte ich sie noch einmal in den Arm genommen und wieder geküsst. Sie wehrte sich nach wie vor so gut oder so schlecht es ging.

Ich sah ein, dass sie nicht zu gewinnen war und lenkte ein: „Gut, dann warte wenigstens, dass ich dein Geschenk holen kann. Bitte".

Sie: „Ja, ich warte".

Sie hatte einen Rock und nur eine dünne weiße Bluse an.

Ich sah, dass sie fröstelte und hing ihr meine Strickjacke über. Dagegen wehrte sie sich kaum.

Ich sagte: „Zieh sie an. Ich seh' doch, dass du frierst".

Dann wollte ich mich zur Eingangstür wenden, fürchtete aber, dass sie einfach weggehen würde: „Wirst du bestimmt warten? Bist du weg, wenn ich zurückkomme?"

Sie: „Wenn ich sage, dass ich warte, dann warte ich. Wenn ich etwas verspreche, halte ich es auch".

Ich verstand nicht, was sie mir damit sagen wollte, fragte aber auch nicht nach.

Sie wurde vom Hund hin- und hergezogen. Der wollte mir folgen und überall herumschnüffeln. Ich ging ins Haus. Dort musste ich mit dem Fahrstuhl bis in den vierten Stock fahren. Das dauerte seine Zeit. Ich nahm das Geschenk mit der kümmerlichen Verpackung und beeilte mich.

Im Flur dachte ich dann: ‚Sicher wird sie mir die Strickjacke wiedergeben wollen. Es ist aber besser, wenn sie die anbehält. Dann braucht sie nicht zu frieren und hat etwas von mir direkt an und bei sich'.

Ich ging also zurück und holte mir eine andere Jacke. Die zog ich mir an. Dann stieg ich wieder in den Fahrstuhl.

Sie stand noch unten und hatte gewartet. Ich ging auf sie zu: „Das ist für dich. Herzlichen Glückwunsch zum Geburtstag". Damit küsste ich sie noch einmal. Sie wehrte sich wieder, ohne mich aber richtig abzuwehren.

Ich sagte: „Du bist nicht so neugierig, wie Frauen sind, die ein Geschenk bekommen". Und dann gleich: „Aber mach dir das Päckchen in Ruhe Zuhause auf. Ich wünsche mir, dass du dich darüber freuen kannst. Es ist ein Schmuckstück. Es hat noch eine Besonderheit. Es wurde nur von Frauen getragen, die sehr geliebt wurden".

Sie sagte dazu: „Du solltest für mich kein Geld ausgeben. Ich wollte das nicht".

Es blieb ein ungutes Gefühl bei mir zurück. Ich dachte: ,Sie nimmt das Geschenk jetzt nur an, um mich nicht zu verletzen oder weil sie im Moment nicht anders kann'.

Ich sagte, um ein wenig abzulenken: „Die Jacke behältst du bitte an. Ich habe mir eine andere mitgebracht. Wie findest du die? Hab' ich mir gerade gekauft".

Ich wollte sie auf andere Gedanken bringen und ihr auch zeigen, dass ich ohne sie zurechtkam.

Sie: „Die gefällt mir".

Dann: „Das sagst du doch nur, damit du wieder eine Verbindung schaffst, nicht?"

„Stimmt. Behalt sie trotzdem an. Bitte".

Ich begleitete sie über die Straße: „Es ist ein Kettchen. Vielleicht gefällt es dir ja. Es soll über hundert Jahre alt sein".

Sie: „Vielleicht nehm' ich das Geschenk jetzt nur an, weil ich dich nicht verletzen will".

Sie ging dabei einen Schritt voraus und schaute über die Schulter mit gespanntem Gesichtsausdruck zurück. Mich erdrückten ihre Worte. Ich erschrak wieder bis zur Sprachlosigkeit, vielleicht, weil ich gerade diese Antwort befürchtet hatte. Ich hielt mitten im Schritt an, schaute ihr finster nach, drehte mich auf dem Absatz um und ging ohne ein Wort fort.

Die Tränen standen mir wieder in den Augen. Ich dachte: ,So schaffst du es nie, nie, nie'. Ich schwor mir, sie das nächste halbe Jahr nicht mehr anzurufen, anzusprechen und mich nicht mehr bei ihr in Erinnerung zu rufen, um endlich, endlich Ruhe zu finden.

Anderentags war ich bei ihrer Mutter zu Gast. Mein Sohn wohnte dort, und ich musste mich unbedingt bei ihr sehen lassen. Ich ging mit schwerem Herzen hin und bat den lieben Gott, dass meine Schwiegermutter nicht in einem Anfall von Schicksalspielenwollen meine Frau ohne mein Wissen mit eingeladen hatte. Das Auto meiner Frau stand nicht vor der Tür. Ich ging also tapfer hinein. Tapfer auch deshalb, weil ich ein außerordentlich ungutes Verhältnis zu der alten Frau hatte. Das herrschte seit Jahren, seit Jahrzehnten und hatte keine Aussicht, jemals besser zu werden, unter diesen erschwerten Umständen auf gar keinen Fall.

Ich hatte Blumen in der Hand und klingelte. Sie machte auf und, als fiele unerwartet ein milder, warmer Sommerregen, spürte ich, dass dies eine angenehme Begegnung werden würde.

Beim Mittagessen, als sich mein Sohn zurückgezogen hatte, berichtete ich ihr aufrichtig von all den Schwierigkeiten mit B. und hörte mit Erstaunen, dass sie, als Mutter, praktisch von Brosamen aus dem Munde ihrer Tochter lebte. Ich erzählte auch von meinem gestrigen Treffen mit ihr und meinem stürmischen Verhalten.

Sie schmunzelte vor sich hin als ich sagte: „B. wusste ja gar nicht mehr, wie es ist, von ihrem Mann in den Arm genommen zu werden".

Anscheinend hörte sie das gerne.

Wir kamen auf ihre eigene Vergangenheit zu sprechen. Früher waren für sie alle Themen im Umgang zwischen Mann und Frau tabu gewesen. Jetzt aber sprach sie ganz freimütig über ihr eigenes damaliges Liebesleben, den intimen Umgang mit ihrem längst verstorbenen Mann, ihren Wünschen und wie sie ihr Wissen oder besser Unwissen oder noch besser ihre völlige Wunschlosigkeit an ihre Tochter weitergegeben hatte. Ihr Mann war höchstens einmal im Monat zu ihr gekommen. Dann hatte sie es an sich geschehen lassen. Niemals hätte sie dabei eigene Vorstellungen gehabt, geschweige denn, sie zu äußern gewagt. Das war, so wie sie erzogen war und wie sie ihre Tochter erzogen hatte, immer Sache des Mannes. Es würde dem Verständnis einer Frau, warum er das an ihr tun musste, sowieso ewig verborgen bleiben. Soviel Vertrauen und Offenheit überraschte mich.

Sie sagte noch: „B, fühlte sich bei dir immer als Objekt in der Liebe und das hat sie so kaputt gemacht. Aber woher sollte sie etwas anderes kennen. Verkehr mit anderen Männern kannte sie ja nicht".

Ich sagte: „Wir sind beide einander treu. Das ist heute ein Problem für uns. Wir haben zwar beide keinen Nachholbedarf, aber wir haben auch keine Erfahrung".

Ich erzählte dann von dem verspäteten Geschenk und dass ich so begeistert von dem Kettchen gewesen war.

„Weißt du, die Kette ist so süß, dass sich eine Frau einfach darüber freuen muss. Trotzdem traue ich ihr zu, dass sie mir die zurückschickt. Das wäre das Allerschlimmste was mir im Moment passieren könnte".

Dabei dachte ich: ‚Sie telefoniert bestimmt mit ihrer Tochter, dann wird sie ihr meine Befürchtungen mitteilen und sie vielleicht davon abbringen. Ich sagte noch: „Sie hat das Geschenk auch nicht gleich ausgepackt. Sie war nicht neugierig, wie es eine Frau ist, die ein Geschenk bekommt".

So verlief das Gespräch.

An dem Tag waren wir fast zu Verbündeten geworden und vertrauten uns die größten Geheimnisse an. Das geschah nicht etwa, weil wir die gleichen Probleme hatten, sondern weil wir eine gemeinsame Sprache gefunden hatten. Meine Schwiegermutter tröstete sich in Notzeiten mit dem Gebet. Das sagte sie mir wieder: „Ich kann nur beten".

Es wäre für mich interessant gewesen, zu wissen, um was oder für was sie betete. Um mir aber Enttäuschungen zu ersparen, erfragte ich das nicht. Gegen Gebete hatte ich nichts einzuwenden. Aus früheren Gesprächen mit ihr wusste ich, dass sie mich als ziemlich ungläubig einstufte und mich deshalb grundsätzlich in ihre Gebete mit einbezog. Das beruhigte mich zusätzlich und ich vertraute auf deren Kraft.

Tags darauf besuchten mich zwei meiner Söhne. Sie wollten gemeinsam verreisen. Wir unterhielten uns sehr angeregt, wobei wir das Thema, das uns am meisten beschäftigte, außen vor ließen. Nur ganz zum Schluss sagte einer: „Übrigens hat Mami dir einen Brief in den Kasten geworfen". Ich war wie elektrisiert und ahnte nichts Gutes.

„Hast du den nicht gefunden?"

Ich: „Kinder, davon weiß ich doch nichts. Wenn wir nachher runtergehen, hol ich ihn mir raus".

Von nun an musste ich immerzu daran denken, ob sie mir wohl den Schmuck darein gelegt hatte. Die Kinder verabschiedeten sich schließlich. Ich entließ sie ungern, weil sie die einzigen wirklichen Vertrauten in meiner Notlage waren, Von ihnen erhoffte ich mir immer noch eine erlösende Nachricht, das Aufatmen nach so viel Hoffnungslosigkeit.

Der Brief war freundlich und beschrieb die Wünsche der Kinder zu ihren bevorstehen Geburtstagen.

Dann fuhr sie fort: „Die Kette ist wunderschön. Ich werde sie tragen, wenn es passt. Ich möchte dich aber bitten, mir in Zukunft keine großen Geschenke zu machen. Ich möchte dich nicht verletzen, indem ich sie zurückschicke, möchte mir aber auch nicht den Vorwurf machen lassen müssen, mich beschenken zu lassen, dich aber nicht sehen zu wollen. Vielleicht verstehst du das".

Dann noch ganz kurz: „Grüße, B."

Ich hatte auch meiner zukünftigen Schwiegertochter von dem Treffen mit B. geschrieben. Die war nun gerade bei ihr zu Besuch. Der hatte ich meine große Hoffnung mitgeteilt, dass ich zu gerne in dem Treffen einen neuen Anfang sehen wollte.

Meine Begeisterung und mein Schwanken hielten sich die Waage. In einem neuen Brief voll glühender Liebe schrieb ich B. davon und dass ich es so toll gefunden hätte, dass sie sich seit vielen Jahren das erste Mal nach einem Kuss von mir nicht hinterher den Mund mit der Hand abgewischt hätte. Darin sah ich einen ganz großen Sieg.

Ihre Haare waren mir zu lang, weil sie die Frisur teilten, was sich unvorteilhaft auf ihre ‚Haarkrause' auswirkte. Auch das schrieb ich ihr. In der Hauptsache aber ließ ich sie wissen, dass sie wieder ihre eigenen Worte gefunden hätte und dass ich auch mit deren Inhalt leben könnte. Alles in allem wiegte ich mich in der Sicherheit eines beginnenden neuen Frühlings für uns beide, machte eine Eintragung in meinen Kalender und fasste den Mut, wenn dies schon vielleicht der Zipfel eines Neubeginns sein sollte, ihn festzuhalten. Deshalb rief ich bei ihr an.

Sie meldete sich knapp und erschreckend kurz und hatte einen so freudlosen Ton in der Stimme, dass mir das Blut gefror: „Was gibt es, was willst du".

Ich wusste nichts mehr und fing von dem Besuch bei ihrer Mutter an. Sie sofort: „Was glaubst du eigentlich, was du noch alles mit mir machen kannst. Du zerrst mich über die Brücke und versuchst mich in deine Wohnung zu kriegen. Und überall erzählst du herum, dass es zwischen uns einen neuen Anfang gibt. Begreifst du denn überhaupt nichts? Muss ich dir erst eine scheuern, bevor du verstehst, was los ist".

Es war mir, als hätte sie mich durch Telefon geohrfeigt. Dazu konnte ich nur noch schweigen. Sie war so aufgeregt und beschimpfte mich noch mehrfach wegen meiner Redseligkeit.

Ich musste etwas Neues ins Gespräch bringen, um sie zu beruhigen, und sagte: „Ich habe unseren Sohn gefragt, ob ich dich nicht an seinem Geburtstag bei deiner Mutter treffen könnte. Ob er mir zutraut, dass ich es schaffe, mich dann ‚artig' mit dir zu unterhalten".

Sie: „Und? Was hat er gesagt?"

„Ich hab' ihn gefragt, ob er sich das vorstellen kann".

Sie: „Ja, und?"

„Er hat gesagt: ‚Das glaube ich nicht. Das trau ich dir nicht zu. Das wäre auch unnatürlich".

Sie sofort: „Für dich".

Ich: „Nein, das hat er nicht gesagt. Er hat nur gesagt, dass das unnatürlich wäre".

Sie: „Aber gemeint hat er es".

Ich gab es auf. Sie wollte streiten oder recht behalten.

Ich hatte die Antwort meines Sohnes witzig gefunden. Er hatte mir die Augen wieder ein wenig geöffnet und damit auch etwas Selbstsicherheit zurückgegeben. Für ihn waren mein Verhalten, meine Liebe zu B., die ja schließlich auch seine Mutter war, meine Sehnsucht nach ihr ‚natürlich'. In ihm hatte ich jemanden gefunden, der sich zu mir bekannte. Er war das Aufatmen für mich, und ich hatte in meinem Taschenkalender notiert: ‚Anruf meines Sohnes: Vielleicht ein Silberstreif?'.

Trotz des unleidigen Gespräches mit B. wollte ich dieses Gefühl nicht wieder verlieren.

Ich hatte B, schon zuvor gebeten, sich um einen gemeinsamen Termin für uns bei ihrem Therapeuten zu bemühen. Darin wollte ich eine vielleicht letzte Gelegenheit nutzen, meinen Wunsch, einen gemeinsamen Neubeginn zu wagen, auch zu ihrem Wunsch werden zu lassen. Die Antwort stand noch aus, und ich drängte jetzt darauf.

Die bekam ich: „Ich hab' mit ihm darüber gesprochen. Er hat gesagt, dass ich den Termin bestimmen soll, wenn ich es möchte".

Mehr war nicht zu erfahren. Weder wann noch ob überhaupt ein Treffen für sie in Frage kam. Ihr lag nichts mehr an mir.

Das wollte ich nicht begreifen.

11

Über dem Land stand himmelhohe Hitze. Es war eine Welle, die aus der eigenen Hitze fortwährend heißere und noch trockenere Luft auszubrüten schien. Sie kam nicht täglich neu zurück, sondern sie war gegenwärtig und wandte sich nicht ab. Selbst in der Nacht konnte sie zum Monstrum werden.

Mein Schlafzimmerfenster hatte eine Panzerglasscheibe, um mich vor Einbrechern zu schützen. Die hätte aber wenig genützt, wenn das Fenster offengeblieben wäre. So musste ich auf den kleinsten Durchzug verzichten. Anderen ging es ähnlich. Kaum jemand traute sich, bei offenem Fenster zu schlafen. Die wenigen, die sich das leisten konnten, ohne Angst haben zu müssen, bekamen dafür den Lärm der Straße und die Abgase der Autos hereingedrückt. In der Zeitung las ich von Noternten in der Landwirtschaft, von Waldbränden, von ungeheurem Wachstum irgendwelcher Kleinpflanzen in den Meeren, die alles andere ersterben ließen. An mir selbst verspürte ich eine Fiebrigkeit, die mich zwischen übernervösem Handeln und schlaffem Nichtstun zu keinem klaren Gedanken kommen ließ.

Aus einer Fachzeitschrift erfuhr ich, dass in einer hundert Kilometer entfernten Stadt, ein qualifizierter Ingenieur gesucht wurde. Einerseits war ich in einem Alter, in welchem man nur noch genommen wurde, wenn sich überhaupt kein Jüngerer bewirbt, in einem Alter also, in welchem man sich lieber gar nicht erst um eine neue Anstellung bemühen sollte. Andererseits dachte ich in meiner Nervosität, dass ein entlegenerer Aufenthaltsort zu einer wesentlichen Entspannung zwischen B. und mir beitragen könnte.

Ich informierte mich telefonisch, was von dem neuen Stelleninhaber erwartet wurde und gab auch mein Alter an. Ich wollte wissen, ob sich eine Bewerbung lohnen würde. Zu meinem großen Erstaunen wurde jemand gesucht, der eine Gruppe von anderen Ingenieuren in fortgeschrittenem Alter leiten sollte und deswegen selbst nicht zu den Jüngsten gehören durfte. Ich sollte, so riet man mir, meine Unterlagen auf jeden Fall einreichen. Man würde dann sehen. Ich bewarb mich also.

Nach zwei hinhaltenden Zwischenbescheiden gab ich mein Warten auf, denn ich wusste, was das bedeutete. Man war ganz offenbar bereits mitten in den Vorstellungsgesprächen und wollte mich als letzte Reserve aufheben. Davon würde man kaum Gebrauch machen müssen und, um ganz ehrlich zu sein, hatte ich auch inzwischen kein sehr großes Interesse mehr. Mir waren erhebliche Zweifel gekommen, ob ich das Richtige vorhatte. Ich war mir über die Folgen nicht im klaren.

Für B. würde ein Wechsel trotz unserer Trennung in jeder Beziehung ein Aufatmen, vielleicht sogar mehr Freiraum bedeuten. Ich würde davon aber nichts haben und könnte nur hoffen, dass sie die größere Entfernung zwischen uns zu ihrer Selbstfindung nutzen würde. Ich müsste dabei in Kauf nehmen, dass sie sie genauso gut als ein Geschenk des Himmels betrachten und noch mehr zur Gestaltung eines von mir unabhängigen neuen Lebensabschnittes benutzen würde. Ich konnte bei diesen Spekulationen nur den kürzeren ziehen und, langfristig gesehen, bestenfalls meine ungebrochene Hoffnung verlieren. In jedem Fall würde ein Wechsel Verzicht auf jeden direkten Kontakt zu ihr bedeuten. Zu diesem Schritt würde ich mich zwingen müssen, und, ob ich das wollte, wagte ich nicht zu entscheiden. Sicher war nur so viel, der jetzige Zustand, unser derzeitiger Umgang miteinander, oder besser ihr Nichtmitmirumgehenwollen, empfand ich als zutiefst beschämend. Das zu beenden hätte schon Grund genug sein müssen.

Zu gerne hätte ich mich mit jemandem unterhalten, musste diesen Wunsch aber immer wieder vor mich herschieben. Das lag nicht nur daran, dass alle Freunde bei meiner Frau geblieben waren, sondern auch wesentlich mit daran, dass jetzt, während der Ferien, der Therapiekreis pausierte. Aber selbst bei denen hätte mir wahrscheinlich der Mut gefehlt, in der Langatmigkeit des ganzen ‚Wenn und Aber' meine Unsicherheit zu überwinden und darüber zu reden. Ich beruhigte mich damit, dass eine Antwort auf meine Bewerbung nicht mehr zu erwarten war und sich das Thema so von selbst totlaufen würde. Das änderte sich jedoch von einer Minute zur anderen, als ein Brief mit einem Vorstellungstermin, wie das Selbstverständlichste von der Welt, vor mir auf dem Tisch lag. Er hörte sich sehr positiv an. Verschiedene Gremien waren zustimmungspflichtig gewesen, daher hätte sich die Einladung verzögert. Da stand ich nun und musste mich entscheiden: Wahre Trennung, endgültige Trennung und auch innerliche Trennung oder weiter Augen verschließen und nichts wahrhaben wollen.

Bis hierher hatte ich die Angelegenheit halbherzig betrieben, immer mit der Hintertür: ‚Die werden doch nicht antworten'. Nun aber musste ich mich festlegen, mit ganzem Herzen die Sache vorantreiben, um nicht unglaubwürdig zu erscheinen, um nicht letzten Endes als Verlierer auf der Strecke zu bleiben. Die andere Möglichkeit war, rechtzeitig, am besten sofort, den Termin abzusagen.

Am liebsten hätte ich alles mit B, besprochen. Sie war mir am vertrautesten, und sie betraf es oder hätte es als einzige mit betreffen können.

Ihre Antwort konnte ich mir aber an den fünf Fingern einer Hand abzählen: ‚Das musst du entscheiden, damit habe ich nichts zu tun', oder: ‚Da kann ich dir nicht helfen. Das ist nicht meine Angelegenheit. Da möchte ich mich nicht zwischen stellen'.

Himmel, hilf. Ich wusste nicht ein noch aus.

Ich rief meinen Sohn an, um mit ihm über eine ganz andere Sache, unseren bevorstehenden Hochzeitstag zu beratschlagen. Auch da wusste ich nicht wie ich mich verhalten sollte. Er hatte einen angenehmen Rat: „Du solltest den Hochzeitstag entschärfen. Schreib ihr vor dem Termin oder danach und schenk ihr einen Lolly".

Er nahm die ganze Geschichte schon nicht mehr Ernst. Das stiftete mich dazu an, B. bereits einige Tage vor dem früher so wichtigen Termin einen Brief zukommen zu lassen:

„Liebe B.

ich möchte unseren Hochzeitstag entschärfen und schreibe   dir deshalb schon vorher. Du bist für mich die Frau mit dem größten Liebreiz, obwohl du bestimmt nicht pflegeleicht bist, und das nicht erst seit heute. Vielleicht hätten wir uns lieber gegenseitig adoptieren sollen, wie fändest du das?

Ich werde ein Glas Wein auf dein Wohl trinken.

Grüße, H."

Mehr wollte ich nicht schreiben. Sie sollte verstehen, dass ich ein wenig Abstand bekommen hatte, auch wenn ich mir selbst den nicht recht zugestand. Ich wollte diesen kleinen Abstecher von meiner Ichbezogenheit aber genießen. Sie antwortete nicht, und ihre Gedanken, beim Lesen des Briefes, mussten mir verborgen bleiben.

Wegen meiner Finanzmisere, meiner Reiseunlust und meiner Einsamkeit verreiste ich während der Ferien nicht. In diesen Tagen erhielt ich ganz überraschend den Anruf einer Frau von F. Sie hatte mich früher einmal anlässlich einer Ausstellung meiner Bilder kennengelernt. Sie hatte auch vier meiner Bücher gekauft und sich damals fast jeden der zehn Tage in meinen Ausstellungsräumen aufgehalten. Sie war eine Frau, die mich sehr mit ihren sprunghaften Gedanken, verpackt in halben Sätzen, in Anspruch genommen hatte.

Sie hörte sich am liebsten selbst reden und interessierte sich kaum für die Meinung anderer. Schon nach kurzer Zeit hatte ich sie zum Teufel gewünscht, war aber höflich geblieben. Sie hatte bei mir den Eindruck hinterlassen, völlig überdreht, ja ein wenig geisteskrank zu sein. In eines meiner Bücher hatte sie sich zum Beispiel augenblicklich von mir ein Gedicht als Widmung schreiben lassen wollen. Das ganze Buch war voller Gedichte und ich fand das übertrieben. Sie ließ sich aber mit nichts davon abbringen, bestand darauf und schien böse werden zu wollen, so dass ich nachgab. Mir fiel in dem Augenblick nur etwas ein, das sie persönlich, und zwar so, wie sie sich sah, beschreiben konnte. Davor hatte ich Angst. Es wäre ja denkbar, dass sie das auch so, wie ich es meinte, verstehen würde und sogar handgreiflich werden würde. Während ich noch nachdachte, schuf sie eigene Lyrik, fand sich toll und einmalig und widmete das ganze dem lieben Gott, dann wieder sich selbst, weil sie ein Teil der Schöpfung sei, und mir und einer Blume, die irgendwo im Garten aus dem Fenster heraus zu sehen war. Sie war im Redefluss.
Ich unterbrach sie: „Das ist ein großer Bogen, den sie da spannen".
Sie empfand das als Aufforderung noch weitschweifiger auszuholen und war schon bei ihren Vorstellungen von Gott, sprach von nun an in Deutsch, Französisch und ich glaube auch Englisch weiter. Das strengte mich sehr an. Um sie auf jeden Fall loszuwerden, überlegte ich mir schließlich einen Text, der sie nicht mehr verletzen konnte und der sie in eine Ecke stellen sollte, die zwar harmlos, aber deswegen nicht weniger anspruchsvoll war. Er bezog sich auf sie, wie sie sich selbst darstellte und schloss damit, dass sie in ihrem Raum der Mittelpunkt, Gott in ihr und sie selbst in diesem Zimmer sei. Dieses Zimmer, unterstellte ich somit, sei also ihre Welt.
Das schrieb ich im einfachen Versmaß, ohne Reim, auf die erste leere Seite des Buches. Ich reichte ihr die aufgeschlagene Seite hin. Sie griff begierig danach, als gäbe ich einer Durstenden ein Glas Wasser, als bekäme sie Nahrung. Ich erschrak darüber und wich unwillkürlich zurück. Ja, ich hatte meine Hände ein wenig in Abwehr erhoben. Das fiel mir selbst auf. Sie las hastig zu Ende, schlug das Buch zu, sah mich voller Hass an, ging zwei, drei Schritte fort, drehte sich dann um, öffnete das Buch mit kraftvoller Unbeherrschtheit und riss die Seite heraus. Dann setzte sie sich an den Tisch und zerfetzte die herausgerissene Seite in allerkleinste Teile. Die stapelte sie sorgsam in einem leeren Aschenbecher zu einem wackeligen Turm. Dann sah sie auf, und ihre Augen straften mich mit Verachtung.

Sie sagte: „So etwas ...Sie ..schreiben Sie doch wohl nicht für mich so... Ich verlange, ja von Ihnen, verlange ich sofort und zwar ein besseres... ich sage lieber ein anderes.. so ein Gedicht von Ihnen akzeptiere ich nicht... niemals.. und nur für mich ..verstehen Sie? Für mich allein!"

Sie war aufgestanden, dicht an mich herangetreten und schaute mit weit nach hinten gebeugtem Kopf, so gut sie es konnte, wie von Oben herab auf mich. Sie hatte Mühe dabei, weil sie kleiner war als ich.

Ich hätte lachen mögen über sie, dachte aber: ‚Die ist bestimmt irre. Ich werde ihr lieber den Gefallen tun. Hoffentlich verschwindet sie dann'.

Ich schrieb auf eine der anderen Seiten, quer über den Titel des Buches und in den freien Platz darunter, einen Text mit sämtlichen Ungereimtheiten und Brüchen, wie er mir in dem Augenblick einfiel. Der Sinn bestand in der Automatik meines Schreibens. Ich schrieb bis zum Ende der Seite Worte und Satzzusammenhänge ohne auf einen Inhalt zu achten. Am Ende der Seite war Schluss. Das gab ich ihr. Sie versuchte es sich durchzulesen. Das dauerte eine ganze Weile. Sie mühte sich, einen Sinn zu finden, blieb aber wortlos dabei. Dann ging sie mit dem geöffneten Buch wieder an den Tisch zu dem Aschenbecher und sammelte mit zusammengebissenen Lippen, wie ein Croupier die Chips, den Schnipselstapel sorgsam ein und schob ihn wie die größte Kostbarkeit in den Seitenspalt des geöffneten Bandes. Dann schloss sie das Buch und hielt es fest in ihren zarten, schlanken, fast krankhaft durchsichtig, weißen Händen. Sie sah mich an und hatte plötzlich milde Worte. Die waren wie der Duft eines köstlichen Blütentees: „Vielleicht war es nicht richtig.. man darf Kunst... und die Kunst anderer Menschen schon gar nicht ..falsch, ja falsch, das erste Gedicht zu zerreißen. Ich habe kein Recht ..niemand hat ein solches Recht, Kunst zu zerstören. Ja, aufheben, sammeln.. ich werde es aufheben, lieben... alle Ihre Gedichte werde ich ..Sie verstehen? Verstehen Sie das? Es ist vielleicht besser, anders.. man wird sehen.."

Sie strahlte mich an: „Danke".

Alles andere hatte ich erwartet, nur das nicht. Sie war mir so nahe gekommen, dass ich meine Hände fast wieder wie in Abwehr erhoben hatte und sie nun langsam sinken ließ. Ich hatte das Gefühl, mich ihr ergeben zu müssen. Es war ein schönes ein anmutiges Gefühl. Danach war sie damals gegangen.

Dieser Frau war es nun nach so langer Zeit eingefallen, mich anzurufen: „Ich habe einen russischen Künstler mit seinem Dolmetscher...Sie sollten verstehen.. die sind bei mir zu Besuch. Ich möchte.. dass sind Leute, die schon einen Namen ..die sind schon sehr bekannt ..dass Sie .." Es kam ein Redeschwall, der nicht enden wollte. Ich sollte sie besuchen und meine Kunst den Russen vorstellen.

Sie sagte: „Es kann sich daraus ...das ist ja auch für Sie wichtig, aber nicht nur für Sie... denn ich habe ja Gäste, ausländische Gäste, verstehen Sie ..ein internationales Nachdenken und Vortragen über die Kunst könnte daraus entstehen, sich entwickeln. Man muss auf alles.. man muss immer gefasst sein ...nicht nur bei diesen Leuten ...die sind so weit gereist ...aber man kann ja schon für wenig Geld ...wir alle können überall hinreisen, wenn wir wollen".

Zum nächsten Nachmittag war ich bei ihr eingeladen. Ich wollte nicht zusagen, obwohl sie mich mit Engelszungen beredete.

Dann sagte sie: „Bringen Sie Freunde ..Sie haben doch Freunde, ja?...oder eine Begleiterin oder wen Sie wollen... Sie leben doch alleine, nicht?" Diese Frage erstaunte mich, nicht nur wegen der unverhohlenen Neugier, sondern auch, weil sie mich nur zusammen mit meiner Frau kennen gelernt hatte.

Ich sagte nichts dazu, gab aber plötzlich nach und sagte: „Gut, ich komme gerne, vielen Dank für die Einladung".

Sie konnte das Gespräch noch lange nicht beenden. Obwohl sie auf diesen Punkt nicht wieder zurückkam, drehte es sich immerzu im Kreis, aus dem sie nicht herausfand.

Mir war bei ihrem Vorschlag ein ganz anderer Einfall gekommen. Den setzte ich gleich in die Tat um. Ich rief B. an.

Alles was mit Russland und Russen zu tun hatte, übte auf sie eine unerklärliche Wirkung aus. In dem Augenblick, als ich ihre Nummer wählte, verstand ich auch, warum Frau von F. vermuten konnte, dass ich alleine lebte. Sie hatte mit Sicherheit unsere alte, gemeinsame Telefonnummer benutzt und von B. meine neue erhalten. Sich daraus einen Reim zu machen, durfte für sie kein Problem gewesen sein.

Meine Frau war zu mir freundlich und nicht abweisend. Das machte mir Mut. Ich unterstellte ihr so viel Neugier, dass sie gerne gewusst hätte, wer die Anruferin gewesen war, und sagte gleich nach einer kurzen Frage, wie es ihr ginge: „Weißt du, wem du da eben meine Telefonnummer gegeben hast? Hast du doch ja?"

Sie: „Ja, hab ich. Na, wem?"

Ich sagte: „Der Irren von meiner Ausstellung, erinnerst du dich?"

Sie wusste sofort Bescheid: „Ach, die Verrückte? Mit der 'rausgerissenen Seite?"

„Ja. Die hat mich eingeladen zu einem Nachmittagskaffee mit zwei russischen Künstlern. Ich dachte, dass du vielleicht mitkommen würdest. Dann sehen wir uns wenigstens einmal wieder. Du bist da immerzu unter Leuten. Kannst hinterher oder wann du willst gehen. Ich sag dann einfach, dass du noch einkaufen musst. Mach das bitte. Wir sehen uns doch sonst überhaupt nicht mehr. Das ist so schade".

Während sie antwortete, hörte ich sie gähnen. Es war ein gelangweiltes und müdes Gähnen, als wollte sie mir sagen, dass sie das alles nicht interessierte. Es war aber auch das befreite alles abschüttelnde, gedankenverlorene, hingebungsvolle Gähnen, das ich von ihr kannte. Früher hätte sie dazu noch gesagt, und ich konnte sicher sein, dass sie mir sonst gar nicht zugehört hatte: ‚Du kannst mit mir machen, was du willst, Hauptsache du fragst nicht so viel'.

Nun sagte sie, als ob sie flötete: „Nein, ich möchte das bitte nicht. Geh doch alleine hin. Ich möchte wirklich nicht".

Das war zu erwarten gewesen. Ich machte noch ein paar kümmerliche Anläufe, aber es half nichts.

Ich sagte: „Ich will dich nicht weiter bedrängen. Ich hätte es nur so schön gefunden".

Sie gähnte noch einmal und gab sich überhaupt keine Mühe, mir etwas vorzuspielen oder sich dafür zu entschuldigen: „Nein, ich möchte wirklich nicht".

Ich fragte sie, weil sie auch Ferien hatte: „Können wir uns denn nicht so wenigstens noch mal treffen".

Nein, sie ließ nicht mit sich reden.

„Und wie ist es mit einem gemeinsamen Termin bei deinem Therapeuten?"

Sie: „Darüber denk' ich nach, wenn du dich beruhigt hast".

Was sollte das nun wieder heißen.

Ich spürte die blanke Wut in mir aufsteigen, hielt mich aber zurück.

Ich wieder: „Kommst du denn in deiner Therapie voran?"

„Ja. Er nimmt mich jedenfalls ganz schön ran".

Ich dagegen: „Ich habe in meiner Gruppe auch schon unter Tränen gestanden". Ich wusste nicht warum ich das sagte.

Sie: „Ich weiß, dass du das fertig bringst".

Ich dachte einen Augenblick nach: ‚Warum sollte ich das nicht fertig bringen'. Ich verstand sie nicht.

Sie weiter mit schrecklich verletztem Ton in der Stimme: „Du weißt gar nicht wie wütend und ärgerlich ich war, als du nach unserer Trennung heulen konntest".

Ich: „Jetzt machst du dich auch noch über mich lustig".

Sie schrie mir ins Ohr: „Ich habe erst jetzt wieder gelernt zu weinen! ‚Weinen', hast du immer gesagt, ‚ist nur Selbstmitleid'. Hast gesagt: ‚Komm mir nicht mit Tränen, die erfrischen so schön'. Das waren deine Worte. Nein, mein Lieber, ich konnte nicht mehr weinen. Seit Jahren nicht. Das hast du mir abgewöhnt".

Mein Gott, wenn ich mich erinnerte. Vielleicht war viel Wahres in ihren Worten. So wie ich damals gesprochen haben mochte, hatte ich aber doch niemals gehandelt. Sie hatte vergessen oder nicht bemerkt, dass meine Reden nur aus Angst vor ihrer Traurigkeit entstanden waren. Vielleicht waren sie mein Schutz gewesen. Trotzdem hatte es bei ihr Tränen gegeben, aber nur, wenn es um ihre Mutter oder mein Verhältnis zu ihrer Familie gegangen war.

Ich wusste nicht zu antworten.

Sie: „Ich habe das Weinen erst wieder lernen müssen".

Ich hörte, wie sie leise schluchzte und zu weinen begann. Das tat mir unendlich leid.

Ich: „Ich würde dich so gerne trösten".

Sie: „Wie denn. Ach, Mensch. Jetzt ist das zu spät. Das hättest du dir früher überlegen müssen".

Mir tat sie wirklich leid und ich sagte: „Gut, B. Genieß die Ferien noch. Lass bitte von dir hören und denk über einen Termin bei deinem Arzt oder über ein einfaches Treffen nach. Ganz harmlos. Versuch es bitte. Tschüss".

Sie: „Tschüss".

Da war wirklich nichts zu machen. Ich war heilfroh, dass ich sie nicht auch noch mit meinem Problem, wegen der neuen Arbeitsstelle, belastet hatte. Wenn daraus etwas werden sollte, müsste ich überzeugen, müsste selbst überzeugt sein. Das war ich nicht. Ich war so unsicher, was sich aus diesem Schritt alles entwickeln konnte. Praktisch würde ich B. damit Anlass geben zu glauben, dass ich sie endgültig aufgeben wollte.

Und? Wollte ich das? Nein, natürlich nicht. Ein Kreislauf ohne Ende.

Es musste sich jemand finden lassen, mit dem ich darüber sprechen konnte. Ich hätte mit meinen Therapeuten reden müssen. Das waren die richtigen Leute. Wenn ich aber in der Gruppe saß, war mein Herz voll und der Mund gleichzeitig wie zugenäht. Ich wusste nicht, wo ich beginnen sollte. Ich mochte auch vor den anderen nicht über meine Probleme reden. Das war überhaupt nicht gut und zeigte, wie zerrissen ich innerlich war. Ich musste pausenlos nachdenken.

Wenn die beiden Ärzte gut waren und Erfahrung hatten, mussten sie erkennen, dass ich nicht mit der Wahrheit 'rüberkam, dass ich mit Eifer von weniger wichtigen Dingen sprach, als von mir. Sie sollten aber wissen, dass ich gerade um meinetwillen zu ihnen gekommen war, wegen meiner Schwierigkeiten bei ihnen auf dem Schoß saß. Ich zog den Schluss daraus, dass die beiden nicht gut genug für mich waren. Mein Vertrauen in sie reichte offenbar nicht aus, um mich verständlich zu machen. Ich wurde wütend darüber, dass sie es nicht schafften, mich, den Betroffenen, dahin zu führen. Ich hatte mich innerlich so weit von Ihnen entfernt, dass ich mich nur noch als deren Einnahmequelle sah. Das war nun erst recht nicht hilfreich.

Dann bedachte ich aber, dass sie meine Entfremdung eingeplant haben konnten. Das musste ich ihnen unterstellen, ja zutrauen. Vielleicht war ich gerade dabei, ein Stückchen meines Weges zu erkennen, und es kam nun auf mich an, durchzuhalten. Es war denkbar, dass die beiden mir zu diesem Zeitpunkt nicht mehr helfen wollten sondern lieber auf mich hofften.

Fragen über Fragen, die zu beantworten ich nicht imstande war. Wieder musste unser Sohn herhalten. Er hörte bereitwillig zu.

Für ihn war schon nach wenigen Sätzen das Problem umrissen und er meinte, das wäre keine Frage von Vor- oder Nachteilen für den einen oder den anderen von uns sondern eine Frage für einen Fachmann. Ich wusste nicht, was er meinte.

Er sagte: „Warum gehst du nicht wieder zu dem Arzt, bei dem Mami in Behandlung ist".

Ich: „Dann muss der doch B. erst wieder um ihr Einverständnis fragen".

Er: „Wenn du in eigener Sache hingehst, mit deinen Problemen, dann wäre er ein schlechter Arzt, wenn er nicht versuchen würde, dir zu helfen. Außerdem kannst du gar nichts verlieren".

Ich war noch immer unsicher.

Er fuhr aber fort: „Du musst ihn fragen, was du machen sollst und erzählen, wie es in dir aussieht. Wenn dir einer raten kann, dann nur so einer. Und mit Mami hat doch so eine Beratung direkt nichts zu tun".

Das leuchtete mir ein, aber es fehlte die Vorstellungskraft, dem Arzt das alles erzählen zu können, und dabei nicht in das Fahrwasser von B. zu geraten.

Mein Sohn sagte: „Und dass Mami bei ihm auch in Behandlung ist, kann doch nur von Vorteil sein. Du musst ja nicht davon anfangen. Das weiß der doch auch so".

Ich fand das, was er zuletzt sagte, überzeugender, obwohl es mir immer noch rätselhaft blieb, wie ich dem Arzt alles getrennt von B. verständlich machen sollte. Der Schlüssel dafür lag natürlich auf der Hand: ‚Ich brauchte nur die Entscheidung von B. endgültig anzunehmen und sie nicht immerzu wieder in Frage zu stellen'. Dann würde sich auch der Besuch erübrigen.

Während mein Kopf befahl: ‚Du sollst es wahrhaben wollen', rebellierte mein Bauch: ‚Ich will es nicht wahrhaben müssen'.

Das war der Krake in mir. Wie hätte mir da jemand helfen können?

Ich meldete mich nach kurzem Zaudern mit vielen Vorbehalten in der Praxis an. Dort war eine neue Sprechstundenhilfe. Die fing mich am Telefon mit ungewöhnlichem Vertrauen ein: „Wenn es nicht so wäre, wie Sie es schildern, brauchten Sie doch den Therapeuten nicht. Außerdem werde ich darauf achten, dass Sie nicht unmittelbar vor oder nach Ihrer Frau einen Termin bei uns bekommen. Das wünschen Sie doch sicher, oder?"

Sie schlug mir drei aufeinanderfolgende Termine vor. Wenige Tage später sollte ich die erste Sitzung bereits haben.

12

Zuhause wurde es mir zu eng. Tagelang hatte ich mich fast ununterbrochen in der Wohnung aufgehalten, hatte sie höchstens zum Einkaufen verlassen. Ich fuhr kurzentschlossen zum Hauptbahnhof, kaufte mir eine Fahrkarte für eine Kurzreise an die See. Am nächsten Tag, frühmorgens, ging es los. Ich fuhr auf eine Insel, direkt in den Ort W. Dort verbrachte ich den Tag mit dem Ohr am Meer, den Augen in den Wolken und den blauen Flecken dazwischen, und der Haut, so gut es sich einrichten ließ, an der ungewohnten, rauen Luft. Ich genoss den Geruch von Strand, Wasser und Seetang, sah manchmal Meerschaum über den Sand huschen und leckte mir ab und zu den leichten Salzgeschmack von den Lippen. Die Wolkenfelder segelten als ungewohnte Schattenspender über weite Flächen. Sie brachten Kühlung und taten gut.

Ich hatte nichts mitgenommen, um mich sonst vor Sonne zu schützen und achtete auch am Strand nicht darauf. Als ich spät abends wieder Zuhause eintraf, spürte ich ein Brennen an den Schienbeinen und auf meinen Füßen. Meine Nase und meine Stirn waren ebenfalls gerötet. Ich behandelte mich nachträglich mit einer einfachen Hautschutzcreme. Etwas anderes hatte ich nicht.

Tagsüber hatte ich einen Strandkorb gemietet. Der schützte vor Wind, Sand und hauptsächlich vor der Sonne. In ihm hatte ich die meiste Zeit gelegen. Die Stunden waren langsam vergangen. Ich hatte viel auf die Uhr geschaut. Fand aber auch für einige Zeit Ruhe und dachte dann an nichts. Das Geräusch der Wellen, die auf den Sand schlugen, machte mich müde und ich fiel stundenweise in einen Halbschlaf. Zum Essenholen stand ich auf, ging auch einmal ans Wasser, verspürte aber keine Lust, mich dort länger aufzuhalten.

Auf der Rückfahrt fand ich eine Gesprächspartnerin, die etwa in meinem Alter war. Wir konnten ganz harmlos miteinander reden. Das erfrischte mich. Sie war gut gekleidet, trug aufwendigen, sehr teuren Schmuck und hatte in einem Buch zu lesen begonnen, dessen Titel ich spiegelverkehrt vor Augen zu erraten versuchte, bis ich sie schließlich ansprach und danach fragte. Es war der Reisebericht eines Journalisten. So konnte ich eine Unterhaltung mit ihr beginnen. Ich redete mehr als sie.

Sonst brachte mein Ausflug nicht viel Veränderung. Schon zwei Tage später packte mich neue Unruhe und ich hatte plötzlich eine Ahnung, wen ich gerne einmal wieder gesprochen, gesehen hätte. Ich verspürte Sehnsucht nach einer ehemaligen Freundin, Bä. die ich als Arbeitskollegin kennen gelernt und mit der ich seinerzeit einen sehr intimen Gedankenaustausch gepflegt hatte. Das lag mindestens sechs, sieben Jahre zurück. Als ihr das seinerzeit zu wenig wurde und sie die Vertraulichkeiten auf eine engere Beziehung ausdehnen wollte, hatte ich die Notbremse gezogen. Wir hatten uns sehr verletzt und sehr weh getan, waren nicht zusammen gekommen und mussten uns unter Schmerzen aus dem Wege gehen. Nach einem letzten Treffen hatte sie ganz ruhig gesagt: „Diesmal möchte ich sagen, wann Schluss ist". Damit hatte sie mir einen Kuss gegeben und war gegangen, ohne sich umzudrehen. So war das damals gewesen.

Vor etwa zwei Jahren hatte ich in der Stadt eine Erledigung zu machen und ging über eine Fußgängerbrücke, die vor ihrem Bürogebäude, einer Bank, begann und über eine Fernstraße führte.

Dort oben liefen wir uns unbeabsichtigt in die Arme, das heißt, wir vermieden es, uns in die Arme zu fallen. Es wurde nur ein gemeinsamer Spaziergang daraus.

Wir hatten beide einiges zu erledigen, das ging schnell.

Dann sagte sie: „Man kann die Jahre, die vorbei sind, nicht mit drei, vier Sätzen aufarbeiten. Wir haben beide zuviel Verschiedenes erlebt. Wie sollen wir uns unterhalten können".

Dann: „Könntest du mich denn heute noch lieben?"

Ich hatte geantwortet: „Auch wenn du glaubst, dass ich übertreibe oder es besser nicht sagen sollte. Ich schwöre dir, es vergeht kein Tag, ohne dass ich an dich denke".

Das war die reine Wahrheit. Es war aber nichts Besonderes für mich. Ich lebte damit und jeden Tag erfuhr ich wenigstens einmal den Gedanken: ‚Bä.? War sie schon da? Ja, jetzt'. Es war, das Wissen um eine Narbe, die an viel berührter Stelle saß, die nicht schmerzte, aber täglich nach meiner Hand verlangte. Ich hatte mich längst daran gewöhnt.

Bä. hatte mich ungläubig angesehen und sich nicht weiter dazu geäußert. Sie war über den Zufall, der uns zusammengeführt haben sollte, nicht erstaunt gewesen: „Das hast du doch mit Absicht gemacht. Ich habe schließlich immer um die gleiche Zeit Feierabend".

Mich hatte ihr Misstrauen verletzt: „Bä. wie soll ich das wissen. Woher, von wem. Nein, glaub' mir, es ist der reine Zufall. Das einzige was stimmt, ist, dass ich dich die ganze Zeit über gerne gesehen hätte. Vielleicht hat das den Zufall beeinflusst".

Sie: „Gleich bist du wieder bei deinen Horoskopen. Wahrscheinlich stand heute unser Treffen in der Zeitung".

Sie selbst holte dabei eine Zeitung aus der Tasche und las unter ihrem Sternzeichen vor: „Bei mir steht: ‚Sie machen eine Bekanntschaft. Vorsicht vor Luftschlössern. Ihr Partner steht zu Ihnen".

Wir mussten beide lachen. Mein Horoskop wollte ich nicht wissen. Sie las es für sich. Dann sah sie mich mit ernstem, fast entgeistertem Gesicht an und steckte die Zeitung wieder weg. Ich fragte nicht nach.

Sie war von nun an mürrisch und trug wenig zur Unterhaltung bei. Nach zwei Stunden gingen wir auseinander und hatten uns nichts zu sagen. Mehrmals hatte ich neu begonnen: „Erzähl mir doch etwas von dir".

Sie: „Was denn. Von der Firma etwa?"

Ich: „Ja, wenn du willst".

Sie erzählte zwar bereitwillig, aber ohne große Anteilnahme: „Ich soll zum Vorstand befördert werden, ins Sekretariat. Da könnte ich gut Geld machen. Müsste aber immer für die Heinis da sein. Dazu habe ich keine Lust. Mein Feierabend ist mir lieber. Mein Geld reicht auch so".

Ich gab meine Bemühungen nicht auf: „Haben die dich angefordert?"

Sie: „Ja".

Ich hatte einen Verdacht, den wollte ich aber nicht aussprechen und auch nicht weiter andeuten. Ich wusste aber von früher, dass sie keiner Liebesbeziehung aus dem Weg gegangen wäre. Das hätte leicht der Grund sein können.

Sie reagierte zwar gelangweilt, wusste aber immer noch, was ich dachte: „Männergeschichten kann man sich da nicht leisten. Außerdem bin ich aus dem Alter raus".

Ich kam mir feige vor und sagte: „Ich weiß, dass du Fremdsprachen kannst, und ich weiß, dass du gut bist".

Beides stimmte. Zu unserer gemeinsamen Zeit war sie bereits Vorstandssekretärin gewesen. Dafür hatte sie Leistung bringen müssen. Unser Treffen frischte keine Erinnerungen auf, es kam nichts Neues hinzu und wir planten keine Gemeinsamkeiten für die Zukunft.

Sie sah blass aus und war sehr schlank geworden. Auch das lag nun alles zurück.

Meine neuerliche Sehnsucht nach dieser Frau erschien mir als ein lange im Verborgenen gehaltener Wunsch. Ich brauchte mich nicht mit ihr zu verabreden, um sie erneut zu treffen. Sie hätte zwar im Urlaub oder krank sein können, es hätte tausend Gründe geben können, sie nicht zu treffen, aber das zählte alles nicht für mich. Ich war ganz sicher, dass ich sie irgendwie treffen würde. Dafür hatte ich ein todsicheres Gefühl. Das trog nicht, darauf konnte ich mich verlassen. Ich fuhr also in die Stadt und postierte mich gegen Feierabend für eine gute Stunde am Ende der Brücke auf der anderen Straßenseite. Das tat ich deswegen, weil sie mir damals gesagt hatte: „Es ist tatsächlich ein Zufall, dass du mich auf der Brücke triffst. Die benutze ich sonst niemals. Ich gehe immer, immer bei der Ampel über die Straße".

Der Fußweg mit der Ampel endete dort, wo die Brücke auf der anderen Seite ihren Niedergang hatte. Hier stand ich also. Ich war zwar grundsätzlich überzeugt, dass ich sie treffen würde, war aber ebenso sicher, dass ich den Zeitpunkt dafür nicht würde beeinflussen können. Nach einer Stunde vergeblichen Wartens ging ich weg und verschob alles auf einen neuen Augenblick dieses ganz sicheren Gefühls.

Das war bei mir so.

Schon nach zwei Tagen war es wieder soweit. Es überfiel mich nachmittags, Zuhause, mitten in einer Bummelei. Da wusste ich: ,So, nun triffst du sie, jetzt kannst du losgehen'.

Ich brauchte mich nicht zu beeilen. Alles schien für das Treffen eingefädelt zu sein. Ich fuhr dreißig Minuten mit der Stadtbahn bis zum Hauptbahnhof, schlenderte durch eine große Einkaufsstraße und ging durch die Geschäfte. Bei allem, was ich mir ansah, hatte ich die Augen unablässig offen und hielt nach ihr Ausschau.

Ich war noch weit entfernt von der Brücke und verließ mich ganz auf meine Eingebung. Plötzlich überkamen mich aber größte Zweifel, ob ich sie überhaupt wiedererkennen konnte. Sie mochte doch nur eine andere Frisur tragen, die Haare gefärbt haben, und schon würde ich sie von anderen Frauen nicht mehr unterscheiden können. Mein Blick blieb wie zum Beispiel an einer Frau hängen, die auf Armeslänge an mir vorüberging. Die sah ich fest an, um mir jede Veränderung vorzustellen, wie das sei.

Zwischen uns befand sich niemand. Ich machte noch einen angefangenen Schritt und sah ihr noch ein wenig nach. Die Frau fühlte sich beobachtet, von mir gemustert und schaute nun direkt zurück und mich an. In dem Augenblick erkannte ich sie. Ja, sie war es tatsächlich. Sie entdeckte mich auch und erschrak maßlos. Das sah ich ihrem Gesichtsausdruck an.

Ich hatte ja auf sie gewartet, mich überraschte die Begegnung nicht, höchstens das Erkennen. Sie aber wurde kreideweiß und blieb mit halbgeöffnetem Mund stumm stehen.

Ich sagte: „Hallo, Bä. Ich wollte dich treffen". Mehr fiel mir nicht ein.

Sie erholte sich nur langsam: „Du? Hallo. Das ist dir gelungen".

Sie musste vor Aufregung schnell atmen und legte eine Hand auf ihre Brust. Damit zwang sie sich zur Ruhe bis sie schließlich einmal tief durchatmen konnte.

Ich fühlte mich sehr schuldig und sagte: „Es tut mir leid, dass ich dich so erschreckt habe. Das wollte ich nicht". Damit strich ich ihr mit dem Rücken der linken Hand über die rechte Wange. Dazwischen hatten sich einige ihrer Haare geschoben. Die konnte ich gut spüren.

Sie trug sie nicht mehr schulterlang wie früher sondern sie wuchsen glatt herab und endeten wenige Zentimeter unterhalb der Ohren. Bä. schien ein kleines Stückchen größer oder wenigstens so groß zu sein wie ich. Das mochte an ihren Schuhen liegen oder ich hatte ihre wahre Größe nicht mehr in Erinnerung. Es fiel mir jedenfalls auf.

Sie: „Du hättest vorher anrufen sollen, anstatt mich dermaßen zu erschrecken".

Ich: „Du, ich wusste nicht, ob ich dich wirklich treffen würde. Das war nicht sicher".

Sie wurde unwillig: „Mich zu treffen, ist doch kein Problem. Du weißt doch ganz genau, wann ich Feierabend habe".

Ich: „Habt ihr keine Gleitzeit?"

Sie schien sich wieder ganz gefangen zu haben: „Nein. In der Hauptfiliale gibt es die nicht. Wirklich, du hättest mich darauf vorbereiten sollen".

Ich: „Du, ich war vor zwei Tagen schon einmal hier. Das heißt ich stand an der Brücke. Fast eine Stunde. Umsonst. Aber heute hab ich eben Glück gehabt. Ja, ich wollte dich treffen. Dich sehen".

Sie schwieg.

Ich setzte nach: „Darf ich dich ein Stück begleiten?"

Sie: „Wenn du möchtest".

Sie sagte das nicht richtig freundlich, war aber auch nicht mehr so mürrisch, wie eben noch. Sie war völlig anders als früher. Sie schien mir erwachsener geworden zu sein. Ich dachte über ihr Alter nach. Sie musste achtunddreißig oder vierzig Jahre alt sein. Sie war sehr schmal, und ich dachte: ‚Es ist eine Schande, dass sich die meisten Frauen so mager hungern. Sie tut mir leid. Sie sieht freudlos aus'.

Ich fragte sie: „Bist du verärgert, wegen des Überfalls? Du siehst ein bisschen böse aus oder bist du traurig?"

Sie sagte: „Ja, ich bin traurig".

Ich: „Darf ich dir trotzdem ein Kompliment machen?"

Früher hatte sie mich einmal wegen eines Komplimentes schwer angemacht. Damals hatte sie gesagt: ‚Wenn ich schön sein will, braucht mir das niemand zu sagen. Komplimente von euch Männern sind beschissen. Alle verlogen. Wollt einen nur ins Bett kriegen'. Dann hatte sie hell aufgelacht: ‚Kannst den Quatsch auch umdrehen. Wenn ich dir wirklich gefall, dann mach ich das nur, um dich zu vernaschen. Spielregeln. Das sind meine Spielregeln'.

Ich hatte Befürchtungen ihr etwas Nettes zu sagen, deswegen meine Frage. Ich wollte sie aber mit irgendetwas aufheitern, trösten. Ich vermisste ihr schillerndes Lachen, ein Schmuck an ihr, mit dem sie früher verschwenderisch umgegangen war.

Sie trug eine weiße Bluse, dazu einen dunklen Rock und eine weinrote Jacke aus Leinen. Es passte alles gut zusammen. Gegen früher, als sie noch im aufreizenden, schwarzen Lederkostüm herumlief, mit Reißverschlüssen, Schnallen und kleinen Gürtelchen, sah sie jetzt geradezu bieder aus.

Ich sagte: „Du siehst gut aus", und ließ meine Augen an ihrer Figur hinuntergleiten. Dann fasste ich mit Daumen und Zeigefinger den Jackenstoff an und sagte noch: „Das ist ein schöner Sommerstoff. Leicht und luftig. Ja, der steht dir gut".

Ihr Blick auf meine Bemerkung verblüffte mich. Es huschte ein glückliches Lächeln über ihr Gesicht, als sei es Ewigkeiten her, dass ihr jemand etwas Derartiges gesagt hatte.

Sie antwortete mit einer mir an ihr fremden, aber angenehmen Zufriedenheit: „Findest du? Danke".

Ich lud sie ein: „Wollen wir etwas trinken gehen? In den Arkaden soll es schattig sein. Hättest du Lust?"

Sie: „Ja, find' ich gut. Wir können ja sehen, wie es da ist".

Ich versuchte das Gespräch in Gang zu halten: „Warum bist du denn traurig? Darf ich das erfahren?"

Sie: „Von mir aus. Meine Schwester lebt in O. und hat in diesen Tagen ein Kind bekommen. Von ihrem Freund".

Ich: „Sie hatte damals doch zwei Freunde. Gleichzeitig".

Sie: „Das hab ich dir erzählt? Muss ich blöd gewesen sein. Ich weiß noch ganz genau, dass ich sie darum beneidet hatte. Zwei Kerle gleichzeitig. Darum hatte ich sie beneidet. Ganz schön blöd. Das Kind ist eine Frühgeburt".

Ich fragte: „Im wievielten Monat?"

Sie: „Sie war im Siebten".

Vom Kinderkriegen wusste ich nicht viel, aber eines hatte ich mir gemerkt: ‚Alles was im dritten Monat und im siebten Monat passiert, ist nicht gut'.

Ich sagte: „Und wie schwer?"

Sie: „Neunhundert und ein paar Gramm".

Ich: „Das ist sehr viel zu wenig, oder?"

Sie: „Ganz bestimmt. Ich muss dauernd an das Kind denken".

„Und wie geht es deiner Schwester?"

Ihr Blick ging in die Ferne, richtig an mir vorbei: „Soweit ganz gut".

Ich: „Hast du sie besucht?"

Sie: „Nein, sie will das noch nicht. Kann ich verstehen".

Ich mochte nichts dazu sagen, nicht nur, weil es in ihrer eigenen Ehe keine Kinder gab. Sie litt und ich wusste, dass sie wusste, an was ich dachte, an was ich mich erinnerte. Ich konnte mir gut vorstellen, was in ihr vorging. Damals, als ich mich geweigert hatte, mit ihr ins Bett zu gehen, hatte sie mir bittend und verbittert zugleich, ja von vornherein enttäuscht, und zugleich befehlend, gestanden: ‚Ich will ein Kind von dir und werde es bekommen'.

Sie sah mich nun wieder an: „Ich mach mir Sorgen".

Ich: „Das hab' ich dir gleich angesehen".

Dann, nach einer kleinen Pause: „Was macht dein Mann?"

„Danke".

Die beiden schienen damals häufiger verschiedene Partner gehabt zu haben. Ich hatte den Eindruck, dass sie glaubten, sich das gegenseitig einräumen zu müssen. Dafür hatte ich kein Verständnis zeigen können.

Sie sagte: „Gut".

Dann: „Ganz gut, soweit".

Ich: „Wie weit".

Sie, und dabei sah sie mich aus den Augenwinkeln an: „Bis jetzt".

Sie lachte dabei nicht. Das wäre ihre Art gewesen. Sie hatte noch nicht einmal richtig gelacht. Früher war jeder zweite Satz davon unterbrochen gewesen. Damals, als wir uns trennten, hatte ich gesagt: ‚Bewahr dir dein wunderbares Lachen. Es ist so schön für mich'.

Sie darauf: ‚Mein Lachen ist nicht für dich. Es ist für mich. Es ist mein Lachen'. Und damit hatte sie wieder lachen müssen, hatte mich ausgelacht. Ich sagte nun: „Ich lebe von B. getrennt".

Sie blieb stehen: „Wirklich? Soweit ist es gekommen? Seit wann denn?"

Ich sagte: „Seit etwa einem halben Jahr. Zu Weihnachten durfte ich noch einmal bei ihr Zuhause und den Kindern sein".

Sie: „Wie gnädig. Ganz schön zickig von ihr. Wohnst du nicht mehr in dem Haus?"

Ich: „Nein. Ich bin gleich gegangen. Das heißt, sie hat mich rausgeschmissen. Hat gesagt: ‚Getrennt von Tisch und Bett".

Sie belustigt: „Das hast du dir gefallen lassen? Die wohnt jetzt allein in eurem Haus? Und du bist raus?"

Ich: „Ja".

Ich merkte, dass es in ihrem Kopf arbeitete. Sie schwieg dazu eine ganze Weile.

Wir fanden ein Cafe und einen kleinen Tisch für zwei Personen direkt am Wasser. Ich wollte ihr ein Eis einreden oder ein Bier oder irgendetwas mit Geschmack und Farbe, dass sie auch etwas fürs Auge hätte.

Sie wehrte aber ab: „Ich kann mir allein bestellen".

Also bedrängte ich sie nicht weiter. Mir bestellte ich eine Mischung aus Bier und Brause und sie wollte nur ein Mineralwasser haben.

Wir wurden schnell bedient. Ich staunte nicht mehr über ihre abgemagerte Figur. Auch die Zitronenscheibe am Rand des Glases passte dazu.

Ich fragte: „Darf ich dir eingießen?"

Früher hätte sie das nie zugelassen. Jetzt aber war sie es offenbar so gewohnt, denn sie sagte nur: „Ja, ja. Bitte".

Dann schoss es aus ihr heraus: „Ich möchte nur wissen, was du dir von diesem Treffen versprichst!"

Aha, es war soweit.

Ich sagte mit aller Ehrlichkeit und Offenheit: „Ich hatte Sehnsucht nach deiner Stimme. Ich möchte dich gesehen, gehört und einmal wieder mit dir gesprochen haben. Sonst nichts. Sonst ist überhaupt gar nichts. Nur einmal wieder mit dir reden".

Sie: „Dann ist es gut".

Ich konnte ihre Entrüstung verstehen. Wenn ich sie zum Trost hätte aufgesucht haben wollen, hätte ich das bestimmt geschickter angefangen. Das glaubte sie mir also. Sie schien aber hinter ihrer Maske eine gewisse Enttäuschung zu verbergen. Das bisschen bisherige Gesprächigkeit versiegte zu Tröpfchen. Wir saßen uns wie stumm gegenüber. So ging es etwa eine halbe Stunde und ich dachte: ‚Vielleicht sollte ich lieber alles abbrechen'.

Dann: „Wenn du möchtest, können wir auch wieder aufbrechen".

Das war ihr gar nicht recht: „Wenn du erlaubst, möchte ich wenigstens in Ruhe austrinken".

Sie hatte tatsächlich kaum etwas getrunken, und ich war beruhigt.

Ich fragte: „Hast du Hobbies? Ich meine machst du irgendetwas nach Feierabend?"

Sie: „Ich hab' ein Atelier. Dahin geh ich abends sofort nach der Arbeit". Das hatte ich nicht erwartet: „Ein Atelier? Für dich alleine?"

Sie, ganz ungehalten: „Warum nicht? Glaubst du, ich würde es noch mit anderen teilen?"

Darauf wollte ich nicht hinaus: „Ich wusste nicht, dass du malst oder zeichnest. Ich dachte, du schreibst. Du malst also richtig in einer bestimmten Technik oder so?"
Sie vermied jeden Stolz und guckte sich die Fingernägel ihrer Hände in ihrem Schoß an: „Ich mal für mich. Und die Technik habe ich in einer Schule gelernt".
Sie zögerte: „Ich lebe sehr zurückgezogen. Ja, sehr. Ich kenne nur noch meine Arbeit und mein Atelier. Sonst kenne ich gar nichts mehr. Keine Leute, keine Kollegen. Wir haben die Räume noch in Ordnung zu bringen, aber das macht mein Mann für mich".
Ich: „Ist der eifersüchtig auf deine Kunst?"
Sie: „Nein. Überhaupt nicht. Ohne ihn könnte ich sie mir gar nicht leisten".
Ich fragte nach: „Hast du viel Platz, da?"
Sie: „Glaub ich nicht. 56 Quadratmeter".
Ich: „Das ist doch riesig. Du kannst froh sein".
Sie: „Das sind mehrere Zimmer".
Ich wieder: „Machst du auch mal eine Ausstellung?" Sie mit dem Hauch einer Selbstgefälligkeit: „Ich hatte eine. Im Oktober soll noch eine kommen".
Ich: „Nur deine Arbeiten, oder?"
Sie, fast entrüstet: „Glaubst du, ich brauch noch jemanden dazu?"
Ich beschwichtigte: „Nein, nein. War nur 'ne Frage. Hätt doch sein können".
Sie, heftig: „Nein, hätte nicht!"
Ich gebe es zu, für den Bruchteil einer Sekunde hatte ich den für mich witzigen Gedanken, wie es wohl wäre, wenn wir gemeinsam ausstellen würden.
Sie bekam wieder ihren fernen Blick: „Meine Eltern haben sich auch getrennt. Schöne Scheiße. Jetzt wo sie es gut haben könnten, macht mein Vater so einen Mist. Woran liegt's denn bei euch?"
Sie fand in meine Augen zurück.
Ich dachte nach. Ich suchte einen Anfang und sagte: „Sie hatte den Umgang mit mir satt. Sie konnte mich nicht mehr ertragen. Sie hatte ihre eigene Freiheit vermisst. Sie fühlte sich zwanzig Jahre nicht berücksichtigt. Verstehst du? Ich hatte zu lange zu wenig Rücksicht auf sie, auf ihre Wünsche, auf ihr Leben genommen. Und das hat sie jetzt so richtig mitbekommen".

Sie machte sich gleich ein Urteil: „Die spinnt ja. Sie hat sicher recht, was dich betrifft, aber was sie betrifft, hätte sie ja inzwischen was machen können".

Das ließ mich aufhorchen. So ähnlich hatte sie schon vor sieben Jahren zu mir gesprochen.

Sie sagte weiter: „Ein Glück, dass wir beide damals nicht zusammengezogen sind, dass du dagegen warst. Es wäre dramatisch geworden".

Ich: „Wir hätten uns zerfleischt".

Sie: „Und ich bin dir nachgelaufen. Richtig nachgelaufen bin ich dir".

Ich schämte mich für sie: „Ich weiß nicht.".

Sie: „Es stimmt aber. Stimmt ganz genau. Ich bin dir nachgelaufen. Ach".

Ich: „Du hast nicht einen Tag so sehr an mir gehangen, wie ich all die Jahre an dir. Ich sagte dir doch, es vergeht nicht ein Tag, an dem du mir nicht einfällst".

Sie: „Und warum?"

Ich: „Wenn ich das wüsste. Vielleicht darum. Könnte doch sein".

Sie war nicht verbittert, war aber wieder meilenweit von mir entfernt.

Es schien, als träumte sie von der Vergangenheit: „Wir sind beide viel zu egoistisch für ein gemeinsames Leben. Jeder hätte nur an sich gedacht".

Ich warf ein: „Und ich dachte, ich hätte mich inzwischen geändert".

Sie kam zurück: „Das kann ich nicht beurteilen. Damals war zwischen dir und deiner Frau schon etwas nicht in Ordnung. Wer weiß, vielleicht wolltest du ja die Trennung".

Ich war empört und überrascht: „Ich? Wie kommst du denn darauf?"

Sie: „Du warst doch mit so vielem an ihr nicht zufrieden. Du warst sehr unzufrieden. Hast keinen Mut zur Trennung gehabt und vielleicht trotzdem darauf hingearbeitet".

Ich sah sie ungläubig, erstaunt und auch ertappt an.

Sie fuhr fort: „Man kann auch darauf hinleben, hinlieben. Man kann alles auseinanderlieben. Du weißt schon wie ich das meine. Du wärst dabei gewesen".

Pause.

Dann: „Dabei glaube ich dir, dass du es ohne Absicht gemacht hättest, unbewusst sozusagen, weil du deine B. abgöttisch geliebt hast. Du", und dabei machte sie eine kleine Pause, „hättest ihr nicht wehtun wollen und nicht können. Das ist deine ganz besondere Art von Egoismus: ‚Tu ich ihr nicht weh, tu ich mir nicht weh".

Neue Pause. Ich wartete.

Sie sah mich fest an: „Ich sag dir noch mehr oder ich sage es andersherum: du hast es bis heute, bis jetzt, nicht verstanden, zwischen der Bildlichkeit in deinem Kopf, der Sprachlichkeit darin, und den dich umgebenden Menschen eine Verbindung zu schaffen. Für dich hat das eine mit dem anderen nichts zu tun. Du stellst deine Umwelt diesen Dingen, deinen Bildern, deiner Literatur und was weiß ich noch, gegenüber und überlässt sie der Hilflosigkeit. Du beutest deine Menschen aus, du benutzt sie für deine Kunst. Und weil du das mit aller Ehrlichkeit machst, merken die es natürlich. Du gibst keinem Menschen Gelegenheit, Teil deiner Kunst zu werden, und deine Kunst wird niemals zum Bestandteil der dich umgebenden Menschen. Es bleibt ein Spalt. Den ertragen die nicht, die dich mögen oder lieben".

Ich wartete ab, ob noch mehr kommen würde. Sie schwieg.

Ich fragte: „Geht es dir auch so?"

Sie wich aus: „Ich spreche von früher, nicht von jetzt".

Ich sagte: „Es fällt mir schwer, mich zu beurteilen. Aber vom Gefühl her sage ich dir, dass du wohl vollständig recht hast und dass mir das noch nie so klar geworden ist, wie jetzt".

Ich war dabei begeistert von ihrer Weiblichkeit, von ihrer Eingebungskraft: „Das ist das, was ich an euch Frauen so liebe", war aber nicht ehrlich genug, um statt an ‚euch Frauen' ‚an dir' zu sagen. Ich wusste aber, wie es in ihrem Herzen aussah.

Ich zögerte deshalb: „Ich weiß, was du von mir denkst. Trotzdem bitte ich dich, mir zu glauben, dass ich dich nicht ausnutzen möchte".

Sie: „Tust du aber".

Ich wusste, dass sie recht hatte und setzte mich darüber hinweg: „Gut. Gib mir trotzdem bitte eine Antwort auf nur eine einzige Frage. Die stelle ich nur dir, weil du mich besser kennst, als jeder andere Mensch. Gibt es für B. und für mich eine Chance?"

Sie antwortete schnell, ohne nachzudenken, als schlüpfte sie in die Rolle von B., ja, als spräche sie für sich: „Wenn überhaupt, dann ist sie dies".

Ich: „Kann ich etwas dazu beitragen?"

Sie sah mich lässig und auch spöttisch an: „Ja. Dazu musst du erfinderisch sein".

Mehr fragte ich nicht. Mein Kopf war voll mit diesen Neuigkeiten, die mir ein illusionsfreieres Denken verschafften. Damit konnte ich besser umgehen als mit dem Wahrhabensollen und dem Nichtwahrhabenwollen, das von außen kam, hauptsächlich, weil das, was sie sagte, eine größere Tiefe, eine größere Dramatik mit sich brachte. Es machte mich zum Bestandteil eines Ganzen. Es nahm mir aber auch viel meiner Verantwortlichkeit und schob sie der Kunst in die Schuhe. Ja, Bä., schien es mir, machte sich mit ihren Äußerungen ein wenig zu meiner Komplizin.

Sie stand auf: „Ich glaube, dass ich gehen muss".

Ich: „Würdest du deinen Mann bitte von mir grüßen?"

Sie: „Ich weiß nicht, ob ich ihm überhaupt von dem Treffen erzählen werde".

Ich fragte nichts weiter. Wir gingen zur Bahn. Sie schwieg während des ganzen Weges.

Als wir auf dem Bahnhof waren, schaute sie mich an und sagte einfach: „Tschüss".

Sie wollte es wissen und gab mir nicht die Hand. Das fand ich nicht richtig. Das würde ihr ewig leidtun. Sie war immer noch trotzig, wenn etwas nicht nach ihrem Kopf ging. Ich musste innerlich lachen, weil ich an frühere Augenblicke erinnert wurde. Damals hatte sie mich einmal fest angepackt: ‚So, jetzt kommst du mit mir mit'.

Jetzt, kurz vor dem Auseinandergehen, drängte es mich ihre Hand zu nehmen, und ich sagte: „Tschüss, Bä. Grüß deinen Mann von mir".

Einen Kuss wagte ich ihr nicht zu geben.

Sie zog ihre Hand schnell aus der meinen, drehte sich um und ging die Treppe zum Bahnsteig hinunter.

Ich ging in meine Richtung: ‚Mein Gott, ich danke dir für die Begegnung'. Mich überkam ein Hochgefühl, als hätte ich etwas ganz Besonderes geleistet. So ein Gefühl kenne ich. Es befällt mich immer, wenn ich eine neue Zeichnung beginne und das Bild zu leben und mit mir zu sprechen beginnt.

In einem der Gänge stand ein Mädchen. Das spielte die silberne Flöte und bettelte mit dem offenen Instrumentenkasten um Geld.

13

Mein Gefühlshoch hielt nur wenige Tage an. Danach wusste ich schon nicht einmal mehr genau, wie ich mich in einer anderen als traurigen, hoffnungslosen Lage hatte empfinden können. Der kurze Sonnenschein war verflogen, so schnell und so überraschend wie er in mein Inneres eingedrungen war.

Die Ferien waren überstanden. Die tägliche Arbeit hatte mich wieder und diente dazu, um abschalten zu können und die Gedanken an die Trennung von B. wenigstens vorübergehend zu vergessen. Das Spiel war mörderisch, denn, wenn ich nicht meine Malerei und meine Schreiberei gehabt hätte, wäre die Versuchung, mir etwas anzutun, wesentlich größer gewesen. Davon war ich überzeugt. Während der Ferien hatte ich mein Durchhaltevermögen nicht stärken können.

Meine Sehnsucht nach B. überfiel mich immer wieder unerbittlich. Ich stand ihr nicht nur machtlos gegenüber und liebte sie, sondern wartete direkt auf ihr Zurückkommen und darauf, dass sie wieder Besitz von mir ergreifen würde, trotz der Kämpfe, aller Versuche, sie abzuschütteln und mich vor ihr zu schützen. Ja, es schien, dass ich außerhalb der Schutzzonen: Malen, Schreiben, Arbeiten, mit besonderer Fähigkeit alles umging was meine Sehnsucht hätte eindämmen können, nur um einen neuen Grund zu finden, B. wieder anrufen zu können.

Wie die Male zuvor war es eine Frage der Zeit. Sie war sofort in der Leitung und überraschte mich mit einem friedlichen, freundlichen, versöhnlichen Ton. Ihr Unterricht hatte auch wieder begonnen und ich wusste wie sehr sie in den ersten Tagen des neuen Schuljahres unter Spannung stand. Umso mehr wunderte ich mich über den friedfertigen Klang in ihrer Stimme. Ich hörte eine gewisse Melancholie heraus, die ich an ihr nicht kannte. Das mochte zusammenhängen mit einem Brief, den ich am letzten Ferientag an sie gesandt hatte und den sie vielleicht seit drei, vier Tagen in Händen hielt. Darin hatte ich mich anfänglich beschwert: „...wenn nicht ab und zu mal die Kinder vorbeikämen, wüsste ich überhaupt nicht mehr, wie es dir geht. Wir sollten unbedingt miteinander reden. Mir sind aber inzwischen die Hände gebunden. Wenn du mich nicht einmal mehr durch die Kinder von dir grüßen lässt, denke ich, dass du keinen Kontakt wünschst. Das ist so schmerzlich. Muss das unbedingt sein?..."

Ich hatte ihr dann noch geschrieben, dass ich mich um eine neue Stelle in einer anderen Stadt bemühte: „...Sie wird zwar besser bezahlt, als meine jetzige hier. Beworben habe ich mich aber nur aus Verzweiflung, um uns beiden vielleicht einen größeren Freiraum zu schaffen. Als ich mich vor einem Jahr nach der Stadt L. bewarb, war deine Antwort gewesen: ‚Nach L.? Das brauchst du nicht. Dahin brauchst du nicht zu gehen'. Ich bin nun völlig verunsichert. Ich hätte zu gerne mit dir darüber gesprochen. Aber wie? Außerdem kann ich mir deine Antwort vorstellen: ‚Das musst du selbst entscheiden, dazu kann ich nichts sagen'. Es wäre mir aber lieb, wenn du etwas dazu gesagt hättest. Deine Meinung! Du bist die einzige, außer mir, die es betrifft".

Ich hatte sie dann noch um ein Glas ihrer selbstgemachten Erdbeermarmelade gebeten: „Ich reihe mich damit ein in die von ‚Babette', versorgten ‚Hungerleider',".

Das war eine Anspielung. Babette war die überaus liebenswerte, weibliche Figur aus einem kleinen Roman, dessen Verfilmung wir gesehen hatten. Sie war eine Kochkünstlerin genau wie B. und hatte ihre Hohe Schule an einfache Leute verschwendet, eigentlich an arme Leute verschenkt.

B. hatte sich über Jahre ähnlich verhalten und ihre Freunde oder diejenigen, denen sie eine kleine Freude machen wollte und die häufig genug nicht zum Kochen kamen oder einfach nichts zum Essen hatten, ebenso versorgt. Das gehörte mit zu ihrer heilen Welt. Ein wenig eifersüchtig, ja neidisch war ich zum mindesten in meiner derzeitigen Situation noch nachträglich auf all diese Leute. Ich wollte auch mein Glück bei ihr versuchen, in der Hauptsache aber, um wenigstens wieder etwas aus ihren Händen zu erhalten. Unabhängig davon gehörte ihre Marmelade unbestritten zu den Höhepunkten ihrer Küche. Meine Absicht würde sie selbstverständlich sofort durchschauen. Ich baute ihr und mir deshalb die Brücke mit B. und verpackte so mein Anliegen im Vorwege.

Einer meiner Söhne hatte mir wenig später eine kleine Tragetasche mit der Marmelade und einem lieben Brief vorbeigebracht und sie von außen an meine Wohnungstür gehängt. Der Brief war allerdings nicht von ihr sondern von meinem Sohn gewesen. Er schrieb mir darin: ‚Auch von Mami soll ich dir Grüße ausrichten'.

Das war wenigstens etwas, aber nicht das, was ich mir erhofft hatte. Mein Appetit auf die Köstlichkeit war verflogen und ich stellte das Glas in den Kühlschrank. Sie hätte mir selbst einen Gruß senden sollen.

In meinem Brief hatte ich sie noch aufmerksam gemacht auf etwas, das eine ihrer Versicherungen betraf. Im übrigen hatte ich mich sehr zurückgehalten und keine gefühlsbetonten Dinge gesagt. Bei ihr sollte der Eindruck entstehen, dass ich Abstand gewonnen hatte. Das entsprach auch irgendwie den Tatsachen. Der Brief war nun aber wieder Tage alt, und meine Gefühle tobten sich erneut aus. Es war zum Verzweifeln.

Ich fragte sie nun: „Wie geht's dir?"

Sie hatte eine Antwort parat, die mich irgendwo traf, die aber auch zugleich witzig und schnippisch war: „Ich hab nicht geheiratet in der Zwischenzeit".

Ich wusste absolut keine Antwort darauf. Ich musste trocken schlucken. Das war ihre Art. Sie erschien mir als Watteengel ohne jede Angriffsfläche. Sie hatte sicher an meinem Atem gehört, wie ich über ihre Antwort gestolpert war. Vielleicht hörte sie sogar heraus, dass sie etwas Falsches gesagt haben konnte.

Nach meiner Atempause, und es schien mir als wartete sie auf ein Echo, fragte sie: „Wie ist denn deine Bewerbung ausgegangen?"

Ich sagte: „Du, das wird vier Wochen dauern, bis die antworten. Außerdem war das wie vor einem Taubenschlag. Viele Leute aus vielen Städten haben sich vorgestellt". Mehr sagte ich dazu nicht, denn jeder Rat von ihr käme zu spät.

Ich dachte: ‚Wenn sie eine Meinung hat, könnte sie mich die ja auch jetzt noch wissen lassen'. Das tat sie aber nicht. Sie hatte von sich aus Rückfragen zu der Versicherungsgeschichte und bedankte sich insofern für den Brief. Ich reagierte darauf nicht, so dass sie annehmen konnte, ich hätte den Dank überhört. Sie ging nur noch auf die Versicherungsgeschichte ein, die ich ihr ausführlich erklärte.

Ich glaubte aber in ihrem Bedanken und in der Rückfrage wegen meiner Bewerbung ein winziges Aufflammen von Interesse zu sehen. Das wollte ich nicht durch eine ungeschickte Äußerung verlöschen lassen.

Sie fragte: „Hast du die Marmelade bekommen?"

Mit dieser Frage konnte ich im ersten Augenblick überhaupt nichts anfangen. Dadurch, dass ich das Glas weggestellt hatte, nichts mehr davon essen wollte, hatte ich es auch vergessen.

Ich fragte ganz verwirrt zurück: „Ja, ja. Was für Marmelade? Ach, die! Ja, doch, die hing in einer Tüte an der Tür. Danke".

Sie: „War ein Brief darin?"

„Ja, es hatte einen Brief dazu gegeben mit dem Hochzeitstermin von M. und noch was. Aber das hat ja noch Zeit".

Sie wieder: „Und? Hat er von mir gegrüßt?"

Ich wurde unehrlich und sagte: „Weiß nicht genau. Es stand drin, dass sie heiraten wollen und wo..."

Die Sache war ihr aber wichtig und sie sagte das, was ich hören sollte und vor allen Dingen hören wollte: „Ich hab' ihm gesagt, er möchte einen Gruß von mir reinschreiben".

Darüber wurde ich ärgerlich und sagte: „Ich hätte es schön gefunden, wenn du dich selbst zu einem Gruß aufgerafft hättest".

Sie sofort: „Wie hätte ich das wohl machen sollen. Meinst du, ich steh immerzu dabei und warte, wann er zu dir rübergeht und sag ihm dann, dass er dich grüßen soll? Außerdem war der Schlüssel für deine Wohnung nicht da".

Das war eine wachsweiche Ausrede. Das wusste sie selber. In Wahrheit wollte sie sich nicht die Blöße geben, mich nach all dem, was sie mir angetan hatte, grüßen zu lassen. Das wäre in ihren Augen eine schreckliche Unaufrichtigkeit mir gegenüber gewesen. Andererseits verstand sie sehr gut und sah es auch ein, dass sie mir Grüße zukommen lassen sollte. Das entsprach durchaus ihrem Empfinden. Deshalb also ihre fadenscheinige Ausrede. Ich antwortete entsprechend heftig und gleichzeitig wie ein Vater, der es gut mit seiner Tochter meint, so dass sie sich nicht ganz ernstgenommen, sehr wohl aber auf frischer Tat ertappt fühlen konnte und musste: „Du weißt doch ganz genau, was ich meine. Du bist eine gestandene Frau und benutzt die Ausreden eines zwölfjährigen Mädchens".

Sie: „Wieso". Da war wieder der Watteengel.

Ich: „Du stellst dich ganz schön dumm. Ich erinnere mich jedenfalls, wie du es bei anderen Leuten gemacht hast. Und wenn du in meinem Fall wirklich nicht gewusst hast, wann jemand von euch vorbeikommen würde, dann hättest du einen Gruß auf einen Zettel schreiben und ihn mit einem Gummiband an dem Glas befestigen können. Dann hätte derjenige, der zu mir wollte, einfach das Glas mitnehmen können. Fertig. Bei anderen Leuten hast du sogar noch buntes Papier über den Deckel gezogen".

Ich wurde am Telefon ein bisschen albern und imitierte ihre Stimme: „Nein, das kann man doch nicht einfach mit Buntpapier machen. Das muss ein karierter Stoff sein... Nehm' ich nun rotkarierten oder blaukarierten? Ja, ich nehm den blaukarierten. Der passt so gut zur Marmelade, das sieht auch so selbstgemacht aus. Und dann schreib

ich noch einen netten Gruß darauf. Ja, das passt gut zusammen".
Solche Überlegungen hatte sie damals angestellt.
Und wieder mit meiner normalen Stimme: „Du weißt ganz gut, wie
man das macht und ganz genau, was ich meine".
Ich lauschte auf eine Antwort. Es war einen Augenblick Ruhe. Dann
sagte sie, fast verschüchtert: „Rotkarierter Stoff und blaukarierter?
Aha". Es hörte sich an, als erzählte ich ihr etwas aus einer längst
vergessenen Vergangenheit.
Ich sagte: „Ja. So hättest du es normalerweise bei anderen gemacht.
Aber trotzdem: danke".
Ich wollte deswegen keinen Streit, zumal ich das Gefühl hatte, dass
sie mit Entgegenkommen gewappnet war. Das erstaunte mich immer
noch.
Ich sagte: „Wir sollten miteinander reden. Wir müssen miteinander
reden. Es ist unwürdig, dass wir, als Eheleute, die so viele Jahre
miteinander verheiratet sind, nicht miteinander reden. Zu Anfang
hattest du große Töne: ‚Wir können uns gerne regelmäßig sehen.
Dagegen hab ich nichts. Und jetzt schreibst du", und das Wort
betonte ich stark, „schreibst du mir sogar, dass du mich nicht sehen
willst".
Ich hätte gerne gehört, dass sie das nicht so gemeint habe und dass
sie mich würde sehen wollen. Das kam aber nicht.
Sie dagegen: „Mit dir kann man sich ja nicht vernünftig unterhalten.
Das hab ich neulich gesehen, als wir uns an der Brücke getroffen
haben".
Ich sagte: „O, Gott. Nun fang doch nicht schon wieder mit der
Brücke an. Du hättest ja freiwillig mitkommen können. Dann hätte
ich dich nicht auf die andere Seite gezogen".
Ich merkte, wie sie begann sich aufzuregen: „Du weißt anscheinend
gar nicht, wie es in mir aussieht. Sonst würdest du das nicht
gemacht haben".
Ich war ihr Geplärr einfach leid und sagte: „Wenn du dich nicht so
zickig und dich nicht so jungfernhaft angestellt hättest, hätte ich dich
auch nicht mitzuzerren brauchen. Außerdem weißt du ja wohl, wie
ich reagiere, wenn du dich so verhältst. Aber wenn du wirklich so
darunter gelitten hast, dann hättest du dich nicht so zieren sollen,
sondern hättest mir das richtig sagen müssen".
Vom anderen Ende der Leitung hörte ich, wie sie leise und mit
erstaunter Stimme wiederholte: „Zickig? Und wie sagst du?
Jungfernhaft? Aha".

Ich dachte, dass sie nun wieder losschreien würde und sagte zu ihr: „Ich möchte dich nicht aufregen: Erzähl mir, wie es auf deinem Seminar war". Das war ihr sehr recht: „Es hat alles geklappt. Die Vorbereitungen waren zwar anstrengend, aber die Leute waren nett. Trotzdem, hätt ich das bloß nie angefangen".

Das ließ mich aufhorchen. Nicht, weil ich es begrüßt hätte, was sie sagte. Darin sah ich eher eine Enttäuschung. Ich wusste von ihrer Mühe und konnte mir nicht vorstellen, dass sie ihre Kräfte überschätzt haben sollte. Das hätte mir leid getan. Es wäre deshalb aber noch lange nicht alles für sie verloren. Nein, ich horchte auf, weil sie das in einem Augenblick sagte, in welchem eigentlich unsere Beziehung das Thema war, und ich mit einer hintergründigen Vermutung wünschte, heraushören zu können, dass sie das auf unsre Trennung bezog. Ich wünschte mir in diesem Augenblick, dass sie mich das auf einem solchen Umweg wissen lassen würde. Das stimmte mich mild, ja es wiegte mich fast in Versöhnlichkeit. Wenn sie auf dem Weg war, das ganze zu bedauern, was hätte ich dann noch mehr erreichen können? Alles würde so zu einer allerdings ganz anderen Frage der Zeit werden, als ich es bisher kennengelert hatte. Ich versuchte deshalb äußerst vorsichtig mit ihr umzugehen und fragte: „Hast du dich jetzt ein wenig beruhigt?"

Sie: „Ja".

Ich fing wieder von vorne an: „Können wir uns nicht wirklich treffen? Das ist doch so wichtig".

Sie: „Wir könnten einen Termin bei meinem Arzt..."

Ich wollte ihr ins Wort fallen, weil ich wusste, wie es weitergehen würde: ‚...aber du willst das ja nicht'. Stattdessen hörte ich wie sie sagte: „Aber das finde ich nicht gut".

Ich traute meinen Ohren nicht. Sie fand das nicht gut und berief sich nicht auf mich.

Ich sagte: „Ich brauche keinen Dritten, um mich mit dir zu treffen. Und von den Kindern möchte ich auch keines dabei haben. Ich finde, dass ich kein Recht habe, sie derartig mit unseren Problemen zu belasten". Sie schien mir gar nicht richtig zuzuhören. Vielleicht dachte sie über andere Möglichkeiten nach.

Ich sagte: „Dir fällt bestimmt etwas ein. Lass es mich wissen. Denk darüber nach".

Sie sagte nur: „Ja".

Ich wollte sie noch auf etwas anderes stoßen, nämlich auf ihren Freund E., der offenbar immer noch bei ihr kommen und gehen durfte, wann er wollte, was mich unsagbar schmerzte, beleidigte und immer wieder in ohnmächtige Wut versetzte.

Deshalb sagte ich: „Jedenfalls machst du ganz schöne Umwege mit deiner Persönlichkeitsfindung oder deinem Freiheitsdrang oder deinem Abschütteln von Zwängen, die dich belasten oder, was immer es ist".

Darauf würde sie reagieren. Sie sagte auch prompt: „Umwege? Was für Umwege".

„Wenn ich dir das sage, wirst du mich hinterher wieder in der Luft zerreißen und es mit deinem Freund schön ausdiskutieren".

Sie: „Umwege? Also das möchte ich jetzt bitte wissen, was du damit meinst. Das würde mich wirklich interessieren. Das musst du mir erklären".

Ich: „Damit du es mit ihm so richtig auseinandernehmen kannst und sich deine Wut noch mehr gegen mich richtet? Aber von mir aus. Mach' damit, was du willst".

Ich erklärte ihr: „Wenn ich bedenke, dass du dich dein Leben lang gegängelt gefühlt hast, erst von deiner Mutter, von der du nur mit allergrößter Mühe Abstand gewinnen kannst, und wenn ich weiter bedenke, dass du dich von mir anscheinend hast weiterhin gängeln lassen, was du mir jetzt vorwirfst, obwohl du es für dich gesucht und für dich auch bei mir gefunden hast und, wenn ich dann bedenke, obwohl ich für deine Erziehung und dein neues Gefühl, diese Abhängigkeit so schrecklich zu erleben, gar nichts kann, dann halte ich es für einen Umweg, wenn du, knapp sechs Tage nachdem du mich los bist, dich von dem nächsten, der dir über den Weg läuft, genauso, wie zuvor, an die Hand nehmen lässt, nur eben auf eine andere, widerstandfreiere Art und Weise. Das kann ich nicht verstehen, und das halte ich dann für einen Umweg".

Sie holte ein wenig aus: „Macht ihr mir man alle Angst. Dein Bruder hat mich auch schon angerufen und mir erklärt, was E. für eine Type ist: ‚Dass der nicht einmal seine eigene Tochter erziehen kann".

Ich erinnerte sie: „Ich hab dir ja gesagt, dass du dich gegen mich wenden wirst". Ich spürte dabei ganz genau, dass sie meine Äußerungen auf bestimmte Gedanken brachten. Es waren aber nicht nur meine Worte, sondern sie musste diese Gedanken uneingestanden schon längst selbst gehabt haben. Deshalb machte sie mein nächster Satz neugierig.

Ich sagte nämlich: „Du brätst mit ihm in demselben Saft. Denn, wenn du seine eigene gescheiterte Ehe betrachtest..".

Sie unterbrach mich: „Jetzt bin ich aber gespannt, was nun kommt".

Ich sagte: „Bei denen hat sich genau das gleiche abgespielt, wie bei uns".

Sie: „Ja, das stimmt, aber", und sie machte eine Pause, „mit umgekehrtem Vorzeichen".

Ich darauf: „Das glaubst du nur, weil er es dir so erzählt hat. Ich weiß es aber besser".

Sie wieder: „Ich weiß, dass seine Frau ihn verstümmeln wollte. Sie wollte ihm was abschneiden, weil es ihr nicht oft genug war. Sie wollte dauernd was von ihm. und das hat er nicht mehr mitgemacht. Warum hätte sie sich sonst wohl bei jeder Gelegenheit so aufreizend, so männermordend angezogen, he? Kannst du mir das erklären?"

Ich sagte: „Was du nicht weißt, sind seine heimlichen Tonbänder, die er von seiner Frau aufgenommen hat. Da will sie ihm tatsächlich sein Ding abschneiden, aber weil er außer dem einen nichts von ihr wollte. Das sagte sie und nicht das Umgekehrte, was du sagst. Seine Frau hatte schlimmste Schimpfwörter dafür. Und dass sie sich so angezogen hat, war nicht, um ihn zu reizen, sondern um ihn zu strafen. So sah das bei denen aus. Ich möchte dir trotzdem raten, es nicht mit ihm zu diskutieren. Aber ich habe die Wahrheit gesagt. Jedenfalls das, was ich gehört habe und was er mir seinerzeit erzählt und vorgespielt hat. Und insofern ist es bei denen ganz genauso gewesen wie bei uns. Allerdings mit dem Unterschied, dass wir uns wenigstens noch unterhalten konnten. Das konnten die schon lange nicht mehr".

Das letzte hatte ich ganz locker gesagt. Nicht, um mich zu rechtfertigen sondern als Beispiel für die eigentlich vernünftigen Gespräche, die wir miteinander hatten.

Sie sagte darauf höhnisch, fast zynisch: „Unterhalten, ja".

Ich fragte nach: „Du, das möchte ich wissen. Wir haben uns doch immer gut unterhalten können, oder etwa nicht. Nun sag aber die Wahrheit".

Sie wieder, aber etwas unsicher: „Unterhalten, ja".

Ich wieder: „Also konnten wir uns nun gut unterhalten oder etwa nicht. Jetzt sei aber bitte ehrlich".

Sie: „Ja, du hast recht. Wir haben uns gut unterhalten können. Das stimmt. Ja, es stimmt. Wirklich".

Ich: „Also, das meinte ich".

Ihre Zustimmung beruhigte mich, und ich war der Meinung, dass sie es nicht mir zum Gefallen sagte, sondern dass sie sich darauf besonnen hatte. Es konnte ja trotzdem sein, dass sie etwas anderes unter einer Unterhaltung verstand. Vielleicht war es ihr inzwischen bewusst geworden, dass sie eigentlich mit niemandem, auch nicht mit mir, über ihre persönlichsten Gefühle hatte reden können, dass sie das weder bei mir hatte erreichen noch von sich hatte erzwingen können.

Ich sagte: „Ich möchte dir eine Frage stellen. Eigentlich sind es zwei. Du solltest mir bitte nur zuhören. Weiter nichts".

Sie: „Aha. Und was ist das?"

Ich: „Glaubst du nicht, und ich bitte dich, dich selbst zu fragen, dass es genug ist. Dass es genug Zeit für dich, für deine Selbstfindung, für deine Rückeroberung oder Eroberung von Freiheit, für deine ich weiß nicht was noch alles, Besinnung oder Befreiung von Zwängen, ob es nicht genug Trennung und Zeit für dich gewesen ist. Ich frage dich: glaubst du nicht, dass es reicht?"

Ich schob, noch ehe sie antworten konnte, sofort nach: „Ich bitte dich, darüber nachzudenken und auch darüber, ob wir nicht, und das biete ich dir von mir aus an, aus meiner Situation heraus, ob wir nicht völlig sang- und klanglos, ohne große Debatten und Diskussionen wieder zusammenleben sollten". Und auch darüber ließ ich sie nicht zu Wort kommen sondern fuhr fort: „Und wenn es dir unmöglich oder nicht machbar scheint, dann sollten wir wenigstens den Versuch machen wollen und es ausprobieren. Wenn wir dann sehen, dass es nicht geht, überhaupt nicht geht, müssen wir eben den bitteren Schluss daraus ziehen".

Ich wurde noch eindringlicher: „B., das ist ein Vorschlag und ich bitte dich, darüber nachzudenken".

Ich hatte mich auf eine heftige Reaktion, oder auf eine größere abwartende Pause bei ihr eingestellt. Sie aber antwortete sofort: „Ja, ich denk darüber nach".

Ich war unsicher, ob sie mich verstanden hatte und wiederholte langsam, wie zum Mitschreiben: „Ich bitte dich also über zwei Dinge nachzudenken. Einmal, ob du nicht die Sache beenden solltest, ob es nicht genug ist, ob es nicht reicht, und zweitens, ob wir nicht ohne großes Theater, ohne Wenn und Aber, ohne Vorwürfe, ohne Vorbehalte, gemeinsam neu beginnen sollten. Ich biete dir das von mir aus an. Ohne alle Einschränkungen".

Sie wieder: „Ja, ich denk darüber nach".

Sie sagte das so unverbindlich, gleichgültig, so einfach, dass ich mir dachte, vielleicht hat sie auf einen solchen Vorschlag gewartet und ist froh, dass ich ihn ausgesprochen habe. Gleichzeitig warnte ich mich aber: ‚Vielleicht hat sie darin auch zu lange eine Illusion mit sich herumgetragen und kann sich in diesem Augenblick der schönen Verlockung nicht entziehen'.

Die dritte und die gemeinste Möglichkeit war leider, dass sich mein Vorschlag und damit ich mich derartig fern von jeder Wirklichkeit befand, dass sie keine Kraft mehr hatte, darüber auch nur noch nachzudenken, dass sie es nur versprach, um mich loszuwerden. Ich würde nie erfahren, was in ihrem Kopf vorging.

Mir blieb einzig, mich auf ihre frühere Äußerung zu verlassen: ‚Ich sage nur das, was ich auch halten kann und will'. Darauf musste ich mich blind verlassen.

Zur Sicherheit begann ich noch ein drittes Mal: „Du denkst also darüber nach?"

Das war kaum noch eine Frage, sondern eine Forderung, und sie sagte fast mit Fröhlichkeit in der Stimme: „Ja, ich denke darüber nach".

Es war, als lachte sie mich ein wenig aus. Wir machten eine Pause. Ich konnte mir ihr gespanntes Gesicht vorstellen, wie sie lauschte, ob noch etwas käme.

Dann sagte ich: „Das ist gut. Hör ich dann von dir?"

Sie: „Ja, ich melde mich".

Ich wieder: „Gut".

Ich konnte das ganze nicht glauben. Alles schien sich in Bewegung gesetzt zu haben. Anscheinend war sie wirklich bereit über einen Neuanfang und weniger über ein probeweises Zusammenleben nachdenken zu wollen. Ja, sie schien bereits ʹdarüber nachgedacht zu haben.

Wir trennten uns mit einem freundlich klingenden ‚Tschüss'. Dann legten wir auf.

Ich schwor mir, von nun an geduldig zu bleiben. Sie sollte in Ruhe nachdenken können.

Ich wartete so fast zehn Tage. Dann entschloss ich mich, ihr statt eines Briefes, ein Gedicht zu senden. Ich dachte, dass ich ihre Gefühlswelt mit einem Gedicht besser erreichen könnte als mit einem Brief. So schrieb ich ihr, ohne sie anzureden und ohne sie mit Worten einlullen zu wollen, in der Absicht, sie zu beschreiben, wie ich sie sah und wie sie sich meiner Meinung nach selber sehen konnte. Dabei zögerte ich nicht, sie gleich in der ersten Strophe ein wenig zurechtzuweisen.

Du sagtest dann:
"Ich denk darüber nach",
Und hast dich
Aufgemacht
Und jagst noch immer
Deinen Freiheitsträumen nach.
Die können doch nicht anders sein
Als sie vor Jahren waren.

"Ich steh dauernd unter Strom bei dir",
Sagst du,
Und recht hast du damit.
Ich kenn mich besser als du denkst
Und weiß, dass du
Die Spannung in mir bist,
Mein Tor zur Welt.
Das hab ich dir
Am ersten Tag gesagt,
Und du hast nicht gefragt,
Wie lang sie hält.
Das weißt du nun.

Du bist es, die ich
Morgens immer wieder
An der Tür zum Bad vorüberhuschen seh,
Die das Geräusch von Kleiderstoffen
Mit sich führt,
Die eilt, und immer noch
Sechs Schritte vor mir geht,
Nicht wartet, deren Augen,
Die nach vorne gehn,
Trotzdem nach hinten sehn.
Du bist es, die Strukturen sucht und
Die das Feld begrenzt,
Und alles, alles, alles offen hält.
Du bist es, die von mir den Sinn
Den Übersinn erwartet und erhält,
Verlangt, ihn haben will, besitzt,
Und gar nicht darauf zählt.

"Ich bin nun einmal so",
Sagst du,
Als brauchtest du, die sich
In etwas füllen kann und selber füllt
Und leert,
Als brauchtest du,
Die mir Gedanken legt,
Und dabei lacht und es nur
Wissen wollte,
Ja, als brauchtest du
Noch vor dir selber Trost.

Denk wirklich nach.
Ich liebe dich.

Darunter stand noch mein Name.

14

Ich hatte keine Ideen mehr. Alles, was mir einfiel, mündete in der Feststellung, dass ich B. nur beeinflussen und vor allen Dingen bedrängen wollte. Sie aber brauchte ganz offenbar Zeit um zu sich selbst zu finden. Das konnte lange dauern. Ich war aus ihrem Leben ausgeschieden.
Einmal rief ich sie noch an. Ich hatte eine Kleinigkeit, wegen der Sparkasse, die musste sie mit mir gemeinsam erledigen. Dabei fragte ich vorsichtig nach: „Bist du schon dabei, nachzudenken?"
Sie geriet gleich wieder in Abwehr: „Du redest mir immer wieder ein, dass ich nachdenken soll. Ich muss es lernen, mit mir selbst umzugehen".
Da war es wieder. Als ich sie danach noch ein weiteres Mal anrufen musste, wagte ich einen weiteren Schritt auf sie zu: „Ich würde dich gerne in die Oper einladen. Auch auf die Gefahr hin, dass du absagst". Ich fuhr gleich fort: „Vielleicht hast du ja Glück und brauchst dir keine Ausrede einfallen zu lassen. Es ist an eurem ersten Ferientag. In den Herbstferien".
Sie wusste gleich Bescheid: „Dann kann ich tatsächlich nicht. Da fahre ich schon für ein paar Tage nach Dänemark".
Von der Reise hatte ich über meinen Sohn erfahren und ich fand es gut, dass die beiden unterwegs sein würden. Vielleicht würde B.

dann endlich Abstand gewinnen und von ihrer, wie es mir nun langsam schien, Bauchnabelschau einer Zwölfjährigen ablassen. Dass ich vorsorglich noch zwei Karten für einen anderen Termin besorgt hatte, wagte ich ihr nicht mehr zu sagen. Ich fragte lediglich: „Würdest du denn an einem anderen Termin mit mir mitgehen?"
Sie sofort: „Darüber denke ich nach".
„Erfahre ich das irgendwie?"
Sie ganz kurz: „Ich werde darüber nachdenken".
Diese von mir erfundene Formel schien ihr zu gefallen. Alles in allem entsprach sie ihrer Einstellung, sich niemals mit einem ‚Ja' oder einem ‚Nein' festzulegen. Ich drang nicht weiter in sie und wünschte ihr noch einen schönen Tag. Das erwiderte sie recht freundlich, und ich stellte mich auf eine längere Trockenzeit ein.
Zu der Zeit hatte die Tante von B. Geburtstag. Sie wurde zweiundneunzig Jahre alt. Es war üblich, dass sie die ganze Familie dazu einlud. Auch jetzt, als sie ihre Tage im Altersheim zubrachte, hatte sie den Wunsch. Mich hätte sie gerne mit eingeladen, aber das wollte sie ihrer Nichte, nicht antun. Deswegen rief sie mich an: „Ich würde dich gerne sehen, aber mit allen geht es ja leider nicht. Komm doch an einem anderen Tag zu mir". Ich fand einen solchen Vorschlag für eine Dame in ihrem Alter und, dass sie überhaupt an mich gedacht hatte, sehr nett und willigte ein. Wir verabredeten uns bei ihr, und ich brachte einen Strauß künstlicher Blumen mit. Die würde sie nicht ins Wasser stellen müssen, und die Blumendüfte konnten ihr auch nichts anhaben. Das musste ich bedenken, weil sie in demselben Zimmer, in welchem sie sich tagsüber aufhielt, auch schlafen musste.
Sie war ein Mensch, der diese praktischen Vorteile liebte, und sie freute sich tatsächlich darüber. Wir kamen schnell ins Gespräch. Sie bot mir etwas zu essen an. Es waren Gurkenscheiben, die sie von ihrem eigenen Abendbrot übrigbehalten oder aufgespart hatte. Damit konnte ich mich beim besten Willen nicht anfreunden.
Ich reagierte entsprechend: „Du, darauf hab' ich gar keinen Appetit. Vielleicht hast du 'was zu trinken". Damit ging ich selbst an ihren Kühlschrank. Darin fand ich aber nichts. Es standen noch einige unausgepackte kleine Geschenke auf dem Tisch und ich fragte: „Weißt du, was darin ist?"
Sie: „Nein. Schau doch nach".
Ich: „Vielleicht etwas zu trinken?"

In einem der Päckchen fand ich drei kleine Flaschen mit Schaumwein. Das war mir gerade recht und ich überredete sie, mit mir ein Glas zu trinken. Das tat sie auch. Sie wurde sehr redselig, ohne sich zu vertun und erzählte aus ihrer Vergangenheit. Ich versuchte ihr etwas von B. und mir mitzuteilen, weil sie sicher wissen wollte, was denn nun eigentlich die Ursache für unsere Trennung war. Ich brachte es schnell auf einen Punkt: „Das schlimmste für B. ist es ganz ohne Frage, dass ich sie so oft mit meiner Liebe in Anspruch genommen habe. Dadurch hat sie ihr Selbstwertgefühl offenbar völlig verloren. Das ist ganz schlimm, vor allen Dingen, weil sie meinte, mir das oft genug gesagt zu haben. Ich habe aber offenbar ihre Sprache nicht verstanden. Dabei empfinde ich keine Schuld, denn ich bin mit ihr umgegangen, wie ich dachte, dass ein Mann eben mit seiner Frau umgeht. Das war aber anders, als sie es erwartete. Das kann sie mir nicht verzeihen. Ich hätte ihre Not erkennen sollen. Weißt du, ich sagte immer zu ihr: ‚B. du redest Chinesisch und ich spreche Englisch. Und deshalb können wir uns nicht verstehen'.

Jetzt, durch die Trennung und meine Therapie versuche ich jedenfalls eine gemeinsame Sprache zu finden, um mir Klarheit zu verschaffen und mit ihr sprechen zu können, falls es dazu kommt. Das wird sicher sehr schwierig, aber vielleicht gelingt es mir ja. Für sie allerdings kommt das viel zu spät, sagt sie".

Dann: „Es gibt ja noch jemanden über uns. Vielleicht hilft der".

Das hatte ich gesagt, weil sie sehr eng mit ihrem Gott und den Heiligen umging. Insbesondere verehrte sie einen Antonius, der verlorengegangene Gegenstände wieder herbeischaffen konnte. Dafür hatte sie genügend Beispiele. Das eine Mal war es ihr Portemonnaie, das sich wieder anfand, das andere Mal waren es Schmuckstücke und so weiter. Sie mochte ihn meinetwegen in die Suche nach B., im übertragenen Sinn natürlich, für mich mit einbeziehen. Damit wollte ich sie nicht verspotten sondern griff in meiner Hilflosigkeit einfältig nach jedem Strohhalm. Die alte Frau musste verstanden haben, was ich über B. erzählen wollte, denn sie begann, mir von einem Ereignis zu berichten, das Jahrzehnte zurücklag und welches sie für sich nicht hatte verarbeiten können. Es gehörte zu den Rätseln in ihrem Leben, die sie nicht zu lösen in der Lage gewesen war.

„Weißt du", begann sie, „vielleicht habe ich schon einmal etwas Ähnliches erlebt wie du. Ja, es könnte sein. Damals hatte es keiner bei uns im Dorf richtig verstanden. Unser Dorf bestand ja nur aus wenigen Häusern. Fast alle waren ebenerdig, mit ausgebautem Dachgeschoss vielleicht. Nur ganz wenige Häuser hatten ein zweites Stockwerk. Wir kannten uns alle untereinander und es ist doch klar, dass jeder von jedem alles wusste. Ich kann nicht sagen wie es begonnen hat. Es lebte dort ein Malermeister mit seiner Frau. Die hatten ein besonders hohes Haus. Damals arbeiteten Frauen nicht so selbstverständlich wie heute. Ich war Lehrerein. Ja, ich musste arbeiten. Krankenschwestern und Pfarrhelferinnen, die arbeiteten auch. Aber sonst war eine Frau immer zu Hause. Da gehörte sie hin. Auch die Bäuerinnen waren von der Vorstellung her immer auf dem Hof, während der Mann draußen auf dem Feld war. So war das damals. Also diese Frau des Malers war auch in dem Alter wie B. heute. Ja, das stimmt. Wenn wir nun an dem Haus des Malers vorübergingen, sahen wir die Frau eines abends und danach immer häufiger im zweiten Stock auf der Fensterbank sitzen. Das war ungewöhnlich. Das sah nicht nur müßig aus, als hätte sie nichts zu tun, sondern es war auch viel gefährlicher, als wenn sie sich, wie eine normale Hausfrau, vielleicht mit einem Kissen unter der Brust, zum Fenster hinausgelehnt hätte.

Direkt gab es nichts dagegen zu sagen und solange das Wetter schön war, mussten wir einsehen, dass ein gewisser Genuss darin zu liegen schien. Vielleicht war die Höhe von oben nach unten nicht so schlimm wie wir sie von unten aus einschätzten.

Die Leute fingen aber an darüber zu reden. Die Frau kletterte nämlich nur auf die Fensterbank, wenn ihr Mann nach Hause kam. Dann, dachten wir alle, hätte sie eigentlich am wenigsten Zeit für derartige Späße haben dürfen. Der Mann erwartete schließlich sein Abendbrot und sie hätte sich mit ihm unterhalten sollen, vielleicht auch wollen. Sie saß stattdessen dort oben und schaute auf die Leute unter sich. Sie grüßte wenig und kaum zurück, wenn man sie von unten ansprach, so dass die Leute bald nur noch hinaufblickten, sich vergewisserten und weitergingen. Wir dachten: `Ach, die sitzt da wieder'. Mehr nicht. Das ging eine sehr lange Zeit so und es fiel nicht sonderlich auf, dass sie dort schließlich auch bei schlechtem Wetter saß.

Ich erfuhr nicht, wie lange sie immer aushielt und schon gar nicht den Grund dafür. Alle bemerkten aber, dass sie bald nicht mehr nach draußen, auf die Straße, sondern unverwandt nach drinnen ins

Zimmer schaute. Die dort draußen waren für sie überhaupt nicht mehr vorhanden.

Anfangs waren alle neugierig, was sich da drinnen wohl abspielen mochte. Wir hörten aber und erfuhren nichts, und gewöhnten uns nun völlig daran, bis sie ganz plötzlich wieder im Gespräch war: ‚Die Frau des Malers steht jetzt jeden Abend, wenn ihr Mann nach Hause kommt, auf der Fensterbank. Ja, sie steht darauf und hält sich oben am Fensterrahmen und am Fenstersims fest. Sie schreit nach drinnen ins Zimmer. Sie schreit aber keine Worte. Sie schreit auch nicht nach Hilfe. Sie schreit nur und hält sich dabei mit beiden Händen fest'.

Ich war sehr neugierig und bin gleich hingegangen. Da konnte ich sie sehen und in das Zimmer hinein schreien hören. Es waren wirklich keine Worte. Unten stand ein Feuerwehrmann, der rief ihr etwas zu und wollte auf sie einreden. Den hörte sie auch sehr gut. Sie sah plötzlich hinunter, und wir dachten, dass sie springen würde. Sie war aber für Augenblicke ganz gefasst und rief allen zu: ‚Kümmert euch nicht um mich. Geht weiter. Das geht keinen von euch etwas an. Habt ihr gehört?'

Dann sagte sie noch: ‚Das geht nur meinen Mann und mich etwas an! Nur meinen Mann und mich! Habt ihr verstanden?'

Damit wandte sie ihr Gesicht wieder zum Zimmer und begann von neuem zu schreien. Das hatte alle Leute beschämt. Auch ich fühlte mich ertappt, in die Geheimnisse einer Ehe hinein gelauscht haben zu wollen. Jeder, der das gehört hatte, ging fort. Keiner sah dabei den anderen an, und niemand sprach mehr darüber zu einem anderen. Die Dorfbewohner vermieden von nun an diese Straße in der Abendzeit. Ganz selten hörte ich noch, dass jemand sagte: ‚Ja, die Frau des Malers schreit immer noch. Wenn sie allerdings unter Leuten ist, ist sie eine so nette, reizende, wirklich liebenswerte und hilfsbereite Frau, dass keiner sie auf ihr Schreien anzusprechen wagt".

Die Tante wandte sich direkt an mich: „Kannst du dir vorstellen, dass es bei B. etwas ähnliches ist?"

Sie wollte aber keine Antwort von mir und sagte gleich weiter: „Ich glaube, dass ich die Frau des Malers jetzt ein wenig verstehen kann. Ich war ja nie verheiratet. Und B. hat auch mit mir nicht über eure Probleme gesprochen. Ich fühle aber, dass das etwas Ähnliches ist. Ja, das fühle ich ganz deutlich".

Ich fragte nicht nach und schwieg.

Die Tante sagte dann: „Wir mussten das Dorf wieder verlassen. Ich weiß nicht, was aus denen geworden ist".

Von nun an war diese Geschichte in meinem Kopf. Ich begann darüber nachzudenken und hätte zu gerne gewusst, ob die Frau des Malers immer von sich aus wieder in das Zimmer zurückgeklettert war, ob ihr Mann sie hereingeholt hatte oder ob er selbst vielleicht, das Haus verlassen hatte, um abzuwarten, bis sie sich wieder gefangen hatte.

Wir unterhielten uns noch ein wenig über ganz andere Dinge, auch darüber, wer alles am Geburtstag bei ihr zu Besuch gewesen war und wie das Essen geschmeckt hatte.

Sie: „Alle waren zufrieden, glaub ich. Es hat allen gut geschmeckt".

Mir fielen die Gurkenscheiben wieder ein. Andererseits wusste ich aber, dass B. das Fest ausgerichtet hatte. Da konnte nichts schiefgegangen sein.

Schließlich musste ich gehen und sagte noch: „Vielleicht hat der da oben ja ein Einsehen mit B. und mir und lässt zwischen uns alles wieder gut werden".

Sie: „Das will ich euch beiden wünschen".

Ich dachte, dass sie mit dem ‚euch' doch sehr aufmerksam war, weder mir noch B. allein sondern uns das zu wünschen. Danach ging ich ganz zufrieden fort. Sie hatte mir noch etwas mit auf den Weg geben können.

Wenn die anderen aus der Familie sagten: ‚Bei Tanti müsst ihr aufpassen, die bringt jetzt immer mehr durcheinander, die versteht immer nur die Hälfte und macht sich selbst einen Reim daraus', dann hätte ich nur vom Gegenteil berichten können. Alles hatte Hand und Fuß und war für mich von großer Bedeutung. Was ich von ihr erfahren hatte, brachte mich zwar nicht voran, ich hatte aber einmal mehr die Einsicht gewonnen, dass auch andere Menschen und zu anderen Zeiten ihre Nöte kannten. Es beruhigte mich zu wissen, dass ich nicht alleine war.

Ich dachte viel über die Geschichte nach. Die Tatsache, dass die Frau des Malers in das Zimmer guckte, brachte mir die Erkenntnis, dass ich selbst mich viel zu wenig nach außen öffnete. Es kam vor, dass ich mit niemandem außerhalb der Therapiegruppe über meine Gefühle sprach. Wenn es dennoch geschah, dann waren es fast ausschließlich meine erwachsenen Kinder. Die aber, so hatte ich mir fest vorgenommen, wollte ich nun nicht mehr belästigen. Ich konnte sicher sein, ihnen damit einen Gefallen zu tun. Als ich danach wieder

einmal meinen Sohn anrief, tat ich es in der Absicht, wirklich alles, was meine Misere betraf, außen vor zu lassen. Wir hatten ein wunderbares Gespräch, zunächst über sein Studium, über Literatur, Bilder, die Sprache, über die Herkunft einzelner Wörter, über Dinge, die mich für Minuten alles vergessen ließen. Dann unterhielten wir uns über eine große Kunstausstellung, die derzeit lief, und ich erzählte ihm von einer jungen Frau, die ich dort als Führerin unserer Gruppe erlebt hatte. Sie hatte mich bis zur Atemlosigkeit begeistert. Das erklärte ich ihm und beschrieb, wie geschickt und fast theatralisch sie mit Wörtern umgegangen war und wie spielerisch, ja geradezu künstlerisch sie ihren Worten mit den Händen Gestalt geben konnte. Sie hatte die wie selbständige Tänzerinnen bewegt und ihren eigenen Körper so bis in die Füße zum Bestandteil der Erklärungen gemacht. Die wurden selbst fast nebensächlich. Ich hatte ihr begeistert zugehört, als wäre sie eine Märchenerzählerin aus einer fremden Welt, als erschlösse das, was sie sagte, wie sie es sagte und dass sie es überhaupt sagte, eine eigene Kunstausstellung. Ich hatte es mit Leidenschaft genossen. Das Besondere dieser jungen Frau war den meisten aufgefallen. Ich blieb so gefangen von ihr, dass ich sie in einer kleinen Pause angesprochen hatte. Sie war Studentin und verdiente sich mit den Führungen ihr Geld. Sie studierte die deutsche Sprache.
„Wissen Sie", hatte sie zu mir gesagt, „das setzt eigentlich schon voraus, dass man die Wörter liebt. Zuvor habe ich Theater gespielt. Sehr intensiv. Und ich pflege und liebe seit dem meine Körpersprache und auch meine Sprache und meine Aussprache über alles".
Davon musste ich meinem Sohn überschwänglich berichten, und er hörte aufmerksam zu. Auf der Ausstellung war er selbst gewesen, so dass er wusste, was sie erklärt hatte.
Die Beschreibung der Studentin gefiel ihm. Ganz zum Schluss, nachdem wir etwa eine Stunde so miteinander gesprochen hatten, fragte ich ihn, ob es irgendetwas Neues gäbe. Er zögerte ein wenig, dann sagte er: „Eigentlich nichts Besonderes. Du bist doch neulich bei der Tante gewesen, ja?"
Ich war erstaunt über seine Frage: „Warum? Es war sehr nett bei ihr. Nur zu essen hatte sie nichts. Das sollte zwar eine Einladung gewesen sein, aber sie hatte mir nur Gurkenscheiben aufgehoben".
Er: „Das ist witzig. Nein, ich meine etwas anderes. Sie hat noch nachts um elf Uhr bei ihrer Schwester, bei Omi, angerufen".

Ich: „Und, warum? Ist sie im Krankenhaus?"

Er: „Ach, was. Sie hat sich Sorgen um dich gemacht".

Ich: „Sorgen? Wieso".

„Ja, weil du gesagt hast, wenn es mit B. und dir nicht wieder in Ordnung kommt, weißt du nicht, was du tust".

Ich war erschrocken, und entsetzt über diese Wendung: „Das hat sie gesagt?"

„Ja".

Ich: „Oh, Gott".

Er: „Ja".

„Dann hat deine Großmutter natürlich noch in der Nacht bei B. angerufen und ihr das weitererzählt? Ja?"

Er: „Stimmt".

„Und Mami denkt, dass ich sie damit erpressen will, über die Tante als Umweg".

Er: „Ja".

Ich zu ihm: „Denkt ihr das alle?"

Er: „Schon".

Ich war verzweifelt: „Du glaubst doch nicht, dass ich zur Tante geh und so etwas erzähle, damit ich Mami unter Druck setzten kann. Ich müsste ja verrückt sein".

Es war während des Gespräches mit meinem Sohn an diesem Abend noch nicht allzu spät geworden. Ich dachte krampfhaft nach, wie ich diesen Irrtum so schnell wie möglich aus der Welt schaffen konnte. Meinen Sohn wollte ich auf gar keinen Fall für meine Interessen einspannen. Ich sah aber keinen anderen Weg und sagte zu ihm: „Sprichst du heute noch mit Mami? Kannst du mit ihr sprechen und die Sache aufklären? Es ist wahrhaftig so, dass ich mit der Tante ein sehr nettes Gespräch gehabt habe. Zum Schluss fiel eine Bemerkung von mir. Die hat sie vielleicht falsch verstanden. Weißt du, ich habe gesagt, weil sie doch so einen heißen Draht zum lieben Gott hat: ‚Es gibt noch jemanden da oben und vielleicht kommt ja doch alles wieder in Ordnung', oder so ähnlich. Und sie hat gesagt, dass sie uns beiden das wünscht. Das ist doch etwas ganz anderes".

Er: „Ja, das hört sich anders an. Aber du weißt ja, wie sie ist. Sie versteht vieles nicht richtig oder gar nicht. Manchmal erzählt sie das auch so weiter, wie sie es verstanden hat. Dann kommt eben so etwas dabei heraus".

Ich konnte das ganze nicht glauben, mich kaum beruhigen und fragte noch einmal nach: „Würdest du das bitte für mich bei Mami aufklären und richtig stellen? Du verstehst, dass mir das ganz wichtig ist. Könntest du sie heute noch anrufen? Würdest du das machen?"

Er blieb ganz gelassen: „Ich wollte sie heute sowieso noch sprechen. Dann stell ich das richtig".

Ich hätte ihn umarmen können. So wichtig war mir die Sache. Ich bedankte mich und wir verabschiedeten uns.

Ich durchdachte noch einmal das Gespräch mit der Tante, ob ich vielleicht doch etwas Derartiges gesagt haben konnte, denn sie war mir so sicher im Gespräch vorgekommen, dass ich ihr diese Verwirrung nicht unterstellen mochte. Sie musste aber meine letzten Bemerkungen anders verstanden oder so in Erinnerung behalten haben, dass das dabei herausgekommen war. Wenn nicht meine Angst gewesen wäre, dass sich B. von mir hätte erpresst fühlen können und meine Sache dadurch verschlimmert worden wäre, hätte ich selber bei ihr angerufen. Dass die alte Dame vieles durcheinander brachte, hatte ich ja vorher gewusst. Das war natürlich auch B. bekannt. Glauben konnte ich es allerdings immer noch nicht. Ich war unsicher, wie ernsthaft B. das Erzählte aufgefasst hatte. Immerhin hätte ja auch sie Gelegenheit gehabt, bei mir nachzufragen, ob es damit seine Richtigkeit hatte. Darüber länger zu spekulieren blieb aber müßig. Genauso, wie meine Selbstvorwürfe, dass ich nun doch meinen Sohn zu meinem Boten gemacht hatte.

Wie hilflos kam ich mir vor. Ich kam wirklich keinen einzigen Schritt voran. Ich dachte an B. Wie mochte es in ihr aussehen. Konnte sie so versteinert sein, wie sie mir vorkam, oder war alles viel harmloser. War ich ihr ganz schlicht gleichgültig geworden. Diese Gedanken belasteten mich schwerer und schwerer, machten mich unendlich traurig und ließen zwischendurch immer wieder Wut in mir aufsteigen. Die wollte ich aber nicht zulassen, weil ich sie allzu schnell als Selbstmitleid entlarven konnte.

Darunter hatte ich zu lange und zu schlimm gelitten.

15

Ich wurde sehr krank. Es hatte mit monatelangen Herzschmerzen begonnen, die ich vor mir selbst versteckt und öfter und öfter auf meine Lebensweise geschoben hatte. Das eine Mal redete ich mir ein, zu wenig Vitamine zu mir zu nehmen, das andere Mal glaubte ich felsenfest, dass es vom Alkohol, meiner abendlichen Dose Bier und einem Schnaps kam. Dann war ich mir ganz sicher, dass es nur ein schmerzhafter Ausdruck meines Körpers war, den die Trennung von B. mit sich brachte.

Die Schmerzen wurden aber immer deutlicher, mir bewusster und bedrohlicher, so dass ich schließlich, als keine Besserung eintrat, einen Arzt aufsuchte. Die Ergebnisse, die er von seinen Apparaturen ablas, waren nicht beunruhigend, aber kleine störende Rhythmusabweichungen machten ihn unsicher, so dass er mich zu immer neuen Internisten schickte, die mich mit Spezialgeräten untersuchten und das auch auf Monitoren während der Behandlung zeigten. Die Ärzte waren sich scheinbar einig, dass ich ein neugieriger Mensch sein musste und selbst deren Erläuterungen an Monitoren begierig hören wollte. Ich gab es schon nach kurzer Zeit auf, zu erklären, dass ich vor derartigen Bildern eine tiefe Angst empfand und suchte mir deshalb zu Beginn der Untersuchungen in der Nähe der Ärzte oder Ärztinnen einen Blickpunkt, auf den ich mich konzentrierte, um mich abzulenken. Entsprechend dürftig blieb mein Wissen um die Ursachen meiner Beschwerden. Wenn ich vor meinem inneren Auge einmal alles Revue passieren ließ, dann war kein greifbares Ergebnis zustande gekommen. Das hätte mich sehr beruhigen müssen. Ich war auch zufrieden, konnte aber meine anhaltenden Herzschmerzen damit nicht aus der Welt schaffen. Es gab auch keine besonderen Umstände unter denen sie verstärkt aufgetreten wären. Ein halbes Jahr nach dem ersten Aufsuchen meines Arztes saß ich schließlich wieder dort. Er stellte durch eine Nachuntersuchung fest, dass die Unregelmäßigkeiten der Kurven nun schon bei weit geringerer Belastung als zu Anfang auffielen. Das ließ ihn erneut nach Fachleuten Ausschau halten und er überwies mich in ein Krankenhaus. Mit Geräten, die ihm nicht zur Verfügung standen, sollte mein Herz von innen betrachtet werden. Insbesondere sollten alle Herzkranzgefäße untersucht und eine drohende Gefahr entweder erkannt oder ausgeschlossen werden. Mir machte das sehr viel Angst, die ich unverhohlen zeigte. Auch die beruhigenden Worte des Arztes und seine Aufklärung über das, was gemacht werden müsste, konnten mir nicht helfen. Der Termin, den er für mich vereinbarte, lag so weit voraus, dass ich das Warten bis dahin nicht ertragen würde. Ich rief deshalb von mir aus erneut beim Krankenhaus an und bat darum, mich vorzuziehen. Ich wollte diese schlimmen Tage möglichst schnell hinter mich bringen. Man kam mir entgegen und ich erreichte es, dass mir schon für die kommende Woche ein Bett zugewiesen wurde.

Als ich am Tag davor meine Sachen zusammenpacken wollte, der Aufenthalt dort sollte immerhin wenigstens drei Tage dauern, stellte ich fest, dass ich nicht einmal einen Koffer, keine größere Tasche oder etwas Ähnliches besaß. Ich musste noch einmal in meine Firma fahren und mir von dort den leergemachten Instrumentenrucksack ausleihen. Mit dem erschien ich auf der Station. Ich brachte viel Zeit mit und bekam, nachdem die ganzen Formalitäten erledigt waren, ein Bett zugewiesen.

Die Station wurde von einer wortkargen Ausländerin als Oberschwester geleitet. Sonst huschten oder schlurften blutjunge Krankenschwestern und sehr junge Pfleger über die Flure und machten ihren Dienst. Selten kam ein Arzt vorbei. Der wurde dann von der Oberschwester dirigiert. Nur die Professoren nahmen sich einige Selbständigkeiten heraus. Aber auch sie gingen nicht alleine in die Krankenzimmer. Das lag hauptsächlich daran, dass sie zwar ihre ‚eigenen Betten' hatten, sich aber manchmal zwei von ihnen ein Zimmer ‚teilen' mussten. Ich konnte dieses Treiben am ersten Tag sehr schön beobachten, weil ich untätig herumsaß. Mit mir sollte außer einer Blutentnahme noch nichts weiter geschehen. Darüber dachte ich aber nicht weiter nach. Ich las ein Buch.

In dem Zimmer, in welchem mein Bett stand, lag noch ein anderer Patient. Der war etwa siebenunddreißig Jahre alt. Er hatte ein Telefon am Bett. Das klingelte unentwegt, als stünde es in einem Managerbüro. Den Mann strengte das an, aber wenn es klingelte, meldete er sich mit gewollt fester Stimme. Ich hatte den Eindruck, dass er jedem Anrufer den Eindruck vermitteln wollte, dass er hier nur liege, weil es offenbar ein Versehen der Ärzte oder seiner eigenen Befindlichkeit war und dass er ganz bestimmt sehr schnell wieder herauskommen würde. Die Ärzte aber, die ihn besuchten, fanden mehr und mehr durch die Untersuchungsergebnisse bestätigt, dass sich eine äußerst ernst zu nehmende Blutkrankheit in seinem Körper ausgebreitet hatte.

Sie drangen in ihn: „Die können wir nur gemeinsam besiegen. Sie müssen unbedingt mit uns gemeinsam einen starken Willen zeigen und auch dagegen ankämpfen wollen".

Die Ärzte deuteten zwar noch gewisse Unsicherheiten in der endgültigen Diagnose an. Für diesen Mann, als Patienten, musste es aber heißen, sofort mit gesundheitlichen Strapazen wie Rauchen und Kaffeetrinken aufzuhören. Das brachte der jedoch nicht fertig. Er war zwar stolz darauf, dass er die alte Menge an Zigaretten nicht mehr brauchte, ging oder besser schleppte sich aber, ohne auf die Ermahnungen zu achten, heimlich auf die Toilette oder in eine Flurecke, um dort mit einer Zigarette einen Hauch verlorener oder alter Lebenslust zurückzugewinnen.

Sein sehr lieber Freund, ein griechischer Student, betreute ihn jeden Nachmittag über viele Stunden, manchmal bis in die Nacht hinein und versorgte ihn wie gewohnt mit Kaffee. Der war, wie er mir heimlich sagte, inzwischen koffeinfrei, so dass hier wenigstens die größte Gefahr gebannt zu sein schien. Alles in allem richtete sich der Patient auch nicht nach den Essregeln der Station sondern ließ sich von der Familie zusätzlich mit Obst, Torten, Keksen, Schokolade versorgen. Ihm ging es einerseits durch die Kunst der Ärzte langsam besser, weil sein Fieber zurückging. Andererseits hing er aber Tag und Nacht an einem Tropf, der ihn sehr behinderte, und seinen Körper konnte er nur unter immer größer werdende Schmerzen bewegen. Sein Freund litt mit ihm und wollte ihm alles so bequem wie nur irgend möglich herrichten. Es war schon fast aufdringlich, wie er sich um ihn kümmerte.

Am zweiten Tag musste ich nüchtern bleiben. Dann, gegen Mittag, schickte man mich los. Nur mit Schlafanzug und Bademantel, bei einer Außentemperatur von höchsten sechs oder acht Grad, bekleidet, hatte ich mich in einer Kellerstation eines anderen Gebäudes zu melden. Dort sollten die Untersuchungen durchgeführt werden. Ich verirrte mich im Gelände und traf mit ziemlicher Verspätung ein. Trotzdem musste ich noch lange warten. Als ich an der Reihe war, begrüßte mich der Professor. Dem eröffnete ich sofort meine bedrückende Angst, die er mir wohl auch so vom Gesicht abgelesen haben musste. Er und eine Ärztin redeten auf mich ein, ohne etwas zu beschönigen und ich konnte nur erreichen, keinen Bildschirm in meinem Blickfeld zu haben. Stattdessen schaute ich unentwegt aus nächster Nähe auf ein Ohrläppchen der mitbehandelnden Ärztin. Sie trug schöne Perlenohrstecker, wie sie B.

auch trug. Ja, sie hatte tatsächlich auch sonst entfernt Ähnlichkeit mit ihr. Sie war liebenswürdig und lächelte häufig. Manchmal schaute sie mich an. Einmal sagte sie: „Was glauben sie, warum wir hier mit so Vielen sind. Sie brauchen wirklich keine Angst zu haben". Während der Untersuchung, die mit einem unmerklichen Schnitt begann, schauten der Professor und sie wie gebannt in eine Ecke. Ab und zu hörte ich sie staunen: „So sollte es immer sein. Sehen sie hier?"

Sie zeigten sich gegenseitig Interessantes und waren glücklich, dass es bei mir ‚so schnell wie noch nie zuvor' voranging.

„Es ist kein Befund. Alles ist in Ordnung. Organisch können wir nichts feststellen. Da können wir nur gratulieren".

Ich wurde aufwendig mit einem Druckverband versorgt. Den legte die Ärztin an. Darüber freute ich mich. Ich sagte ihr das.

Dann: „Ich habe die ganze Zeit nur auf ihren Ohrstecker geschaut. Dabei habe ich darüber nachgedacht, was für ein Frauentyp sie sind".

Sie wurde neugierig. Sie suchte aber auch das Gespräch, weil sie für die nächsten zwanzig Minuten die Hauptschlagader in meiner rechten Leiste abdrücken musste. Das ging nicht schneller, nicht so leicht und kostete Kraft. Das sah ich ihr an.

Sie: „Und? Ergebnis?"

Ich zögerte ein wenig, weil ich sie nicht falsch einschätzen wollte. „Einerseits sind Frauen, die Perlen in den Ohren tragen, romantisch veranlagt, andererseits wissen sie genau, was sie wollen". Das schien sie gehört haben zu wollen.

Sie sagte: „Das müssen sie dem Doktor sagen".

Ich wusste nicht genau, von wem sie sprach. Außer dem Professor und ihr kam nur noch ein jüngerer Arzt in Frage. Den musste sie meinen, und Doktor hatte sie nur gesagt, um ihn vom Professor zu unterscheiden.

Ich sprach langsam, weil ich so viel Zeit hatte, und fragte: „Was soll ich ihm sagen, dass ihnen die Perlen in den Ohren stehen? Dass Sie sie tragen? Dass sie romantisch sind und wissen was sie wollen? Wollen sie wirklich, dass ich ihm sowas sage?"

Dann fragte ich noch einmal: „Wollen Sie wirklich, dass ich ihm das sage?"

Sie: „Ja. Sagen sie ihm alles, was sie mir gesagt haben. Bitte. Sagen sie es ihm".

Das erstaunte mich und ich dachte: ‚Soll ich Liebesbote spielen oder gibt es andere Gründe'. Ich verstand ihre Absicht nicht.

Ich fragte unvermittelt: „Habe ich stark geblutet?"
Sie: „So stark hat keiner vor ihnen geblutet. Die Hauptschlagader
war einmal ganz auf. Das spritzte bis an die Decke. Das konnten sie
nicht sehen".
Pause.
Das Abdrücken strengte sie sehr an.
Dann: „Während der Operation ist auch noch viel Blut geflossen".
Dabei sah sie mit Neugier auf mich herab. Ich schwieg dazu. Als sie
schließlich fertig war, bedankte ich mich. Mehr sprachen wir nicht
miteinander.
Ich blieb verbunden und verpackt über eine Stunde im Bett auf dem
Flur stehen. Dann kamen zwei Krankenträger, die mich mit einem
Auto zurückfuhren und bis in mein Zimmer brachten. Vierundzwanzig
Stunden lang durfte ich das Bett nicht verlassen.
Das Wasserlassen war für mich das größte Problem. Der Arzt aus
dem Operationsraum besuchte mich. Dem erzählte ich mein
Problem.
Er meinte: „Wenn es nicht geht, können wir einen Katheter legen.
Dann sprudelt es".
Ich dachte an die Ärztin und dass nun Gelegenheit wäre, ihm die
Botschaft zukommen zu lassen. Das tat ich aber nicht.
Der Arzt sagte: „Morgen schaut der Professor nach Ihnen". Ich
bedankte mich, dann ging er.
Er kam aber gleich zurück: „Sie können dann auch entlassen
werden". Daran hatte ich überhaupt nicht mehr gedacht. Der
Gedanke war in diesem Augenblick völlig überraschend für mich. Ja,
er brachte mir etwas Schlimmes, ein Gefühl von Gefahr. Das konnte
ich nicht unterbringen. In den wenigen Tagen, die ich von meiner
Wohnung fort war, hatte ich sie schon völlig vergessen. Sie war mir
so fremd geworden, dass ich Mühe hatte, mich an sie zu erinnern.
Ich musste innerlich schmerzlich darüber lächeln, dass ich nach
Hause sollte. Es war ja gar nicht mein Zuhause. Das wurde mir hier
richtig bewusst. B. war mein Zuhause. B. war meine Heimat, sie war
meine Wohnung. Ich beschloss, den Gedanken an Heimkehr einfach
beiseite zu schieben und widmete mich wieder völlig der Gegenwart,
als handelte es sich um einen gewollten Aufenthalt.
So gut es in meiner Bettlägerigkeit ging, unterhielt ich mich mit
meinem Nachbarn. Ich schenkte ihm eine handtellergroße
Zeichnung, die ich von ihm am ersten Tag angefertigt hatte. Die war
ganz gut gelungen, aber er verstand nichts von Kunst und benutzte

das Blatt später als Untersatz für seine Kaffeetasse. Ich bedauerte diese Missachtung, sein geringes Verständnis. Vielleicht war er durch seine Leiden zu sehr abgelenkt. Trotzdem hätte es nicht dazu führen dürfen, die kleine Arbeit zu missbrauchen. Solche Menschen traf ich immer wieder an. Sie waren selten fähig, das Kunstvolle zu erkennen, das Handgemachte, das Liebevolle und das Geschenk an sich. Seinem griechischen Freund schenkte ich ebenfalls ein Bild. Der wiederum war zu bescheiden. Er wollte es unter gar keinen Umständen annehmen. Dabei hatte er sich so gut zeichnen lassen. Ohne ihn zu einer bestimmten Position aufzufordern, nur durch seine Anwesenheit entstand das Bild. Er schien mir eine lebendig gewordene griechische Statue zu sein. Ich war von ihm begeistert. Das Bild legte ich ihm zwar hin, aber er ließ es liegen und nahm es nicht an. Zurücknehmen mochte ich es auch nicht, obwohl ich es sowieso am liebsten selbst behalten hätte. Weil mir das Zeichnen Spaß machte, widmete ich mich nun einem Stillleben. Es stand ein wunderschöner Rosenstrauß in einer Vase. Daraus umschloss ich eine Blüte mit einem Stückchen bis zur Hälfte eingerissenen Papier, so dass sie allein übrig blieb und bedeutungsvoll wurde. Ich zeichnete sie, zusammen mit dem Papierschnipsel. Eine andere Rosenblüte schaute wie zufällig über den Papierrand. Sie schienen sich zu unterhalten. Das Zeichnen machte mich genießerisch, ja geradezu glücklich. Meine trüben Gedanken waren völlig verflogen. Das kleine Bildchen ließ mich alles vergessen. Die zwei Rosen wurden fast zu einem Liebespaar, das durch den mitgezeichneten Papierschnipsel wie durch einen See voneinander getrennt war. Eine Rose schwamm im See aus Papier, die andere stand sehnsuchtsvoll an dessen Ufer. Auf das gezeichnete Papier legte ich, wegen der räumlichen Wirkung noch ein paar Tautropfen. Die regten die Phantasie zusätzlich an und brachten Räumlichkeit. Sie hatten sonst keine Bedeutung. Sie waren ein Spiel mit Schatten. Alle drei Zeichnungen hatte ich nur mit Kugelschreiber herstellen können. Ich musste mir daher sehr große Mühe geben, um Helligkeit, Bedeutendes und Unwichtiges darin voneinander zu unterscheiden. Leider begann ich einige der Striche schon von Anfang an zu stark. Deshalb mussten die dunklen Stellen noch dunkler werden. Dadurch gewannen aber gerade diese Bildchen besonders an Tiefe. Ach, ich tauchte ein in eine andere Welt. Es war zu schön. Nur, dass ich nicht aufstehen konnte, erwies sich als sehr lästig. Eine der Krankenschwestern, sie war etwa zweiundzwanzig Jahre alt, strahlte ebenfalls große Ähnlichkeit mit B. aus. Die lag nicht so sehr in ihrem Äußeren, als vielmehr in ihrem Verhalten, wie sie mich ansprach und wie sie „Guten Morgen" sagte und abends eine gute Nacht wünschte. Dass ich hier wegen eines Leidens lag oder wegen keines Leidens war mir ganz und gar entfallen. Schlagartig aber, als sich diese Krankenschwester von uns verabschiedete, weil sie in Urlaub fahren würde, holte mich die Vergangenheit von einer Sekunde zur anderen wieder ein.

Kurz vor meinem Aufenthalt hier, hatte ich B. in einem Brief alles mitgeteilt, dass ich ins Krankenhaus müsste und auch, was mein Hausarzt dazu gesagt hatte: „Entweder finden die im Krankenhaus etwas, dann wissen wir, was Sie haben oder es bleibt beim ‚Herzeleid'. Das kommt dann von der Trennung".

Das mit der Trennung hatte ich ihr nicht geschrieben, das würde sie sich selbst denken können. B. hatte mit meinem Sohn ihre Reise ins nahe Ausland gebucht und würde mich während des Krankenhausaufenthaltes nicht besuchen kommen. Sie rief aber kurz vor ihrer Abreise noch bei mir an und wünschte mir alles Gute. Das sagte sie mit spärlichen Worten, als hätte sie Angst vor jedem Wort zuviel.

Ich hielt ihr vor: „Jetzt ruf ich schon einmal um Hilfe und nichts passiert. Ja, ich hätte gern, dass du wenigstens erreichbar bist, wenn ich im Krankenhaus verrecke".

Das hat sie aber wenig gerührt. Jedenfalls ließ sie es mich durch Worte nicht spüren. Meinem Sohn hatte ich die Telefonnummer des Krankenhauses gegeben und versprochen, ihm eine Nachricht zukommen zu lassen, sobald ich etwas wüsste. Damit verbunden war meine Annahme, dass sich B. bei ihm melden würde, um sich nach mir zu erkundigen. Denn, dass sie über meinen Zustand hätte informiert sein wollen, nahm ich in jedem Fall an. Die Angst vor dem Krankenhaus hatte mich aber so sehr bedrängt, dass ich ein Testament und unter unendlich vielen Tränen einen Abschiedsbrief an B. verfasst hatte. Die beiden Briefe lagen in meinen Akten. Die würden gefunden werden, falls mir etwas zustoßen sollte. Das alles fiel mir, als sich die Schwester verabschiedete, ein. Es überrollte mich die Lawine von Mutterlosigkeit, Sehnsucht nach B., den Gefühlen nicht geliebt zu werden und nicht vermisst zu werden, die Panik des Verlassenseins und am schlimmsten die, schutzlos dem Verletztwerden ausgeliefert gewesen zu sein. Sorge, Sehnsucht, Trauer und verzweifeltes Hoffen auf ein Einlenken von B. machten sich wieder breit. Ich wollte das nicht zulassen und wehrte mich verzweifelt dagegen. Ich zwang mich zum Handeln und bat meinen Bettnachbarn bei meinem Sohn anzurufen und ihm zu sagen, dass ich am nächsten Tag entlassen werden würde. Das machte der sofort. Mein Sohn ließ grüßen und übermittelte uns beiden seine Genesungswünsche. Gleich danach erschien die Krankenschwester um sich endgültig von den Patienten zu verabschieden. Ich fragte sie, als würde ich sie seit Ewigkeiten kennen: „Darf ich Ihnen ein kleines Bild schenken? Aus Freude, weil sie mir so gefallen". Sie sah mich an, nahm mir das Bild aus der Hand, und sagte artig: „Danke". Dann schaute sehr interessiert darauf. Sie sah jede Einzelheit, die sie mit Freude über die Entdeckung mit ihrem Gesichtsausdruck beschrieb. Sie sagte: „Sie können wirklich sehr gut zeichnen. Das sieht man sofort".

Ich sagte: „Sie könnten meine Tochter sein. Aber wenn ich zwanzig Jahre jünger wäre, würde ich mich wie ein Verrückter in sie verlieben. Ja, wie ein Verrückter". Damit deckte ich mich etwas zu und sah halb zur Seite. Sie schaute aber auf mich. Es lag ein Bedauern in ihren Zügen. Dann ging sie rückwärts aus dem Raum. Sie hielt die kleine Zeichnung fest in ihrer Hand, immer noch dicht vor ihrem Gesicht, schaute dann über den Rand des Zettels und ließ den Blick nicht von mir. Danach habe ich sie nicht wieder gesehen. Die Leichtigkeit meines Aufenthaltes war dahin. Ich überlegte, ob ich für die Nacht ein Beruhigungsmittel nehmen sollte. Das tat ich, weil ich auch Kopfschmerzen bekam. Die setzten mit großer Heftigkeit ein.

Am anderen Morgen sollte der Professor zur Visite kommen. Mir ging es, soweit wie ich es beurteilen konnte, gut. Der Verband würde abgenommen werden können, aber daran, dass ich nach Hause konnte oder sollte, wollte ich nicht denken.

Der Professor erschien gegen Mittag mit dem Arzt und zwei Schwestern. Sie erklärten mir viel und beschrieben es, dann gratulierten sie mir: „Sie sind völlig gesund. Wir haben nichts gefunden. Darüber können sie sich freuen".

Dann nach einer Pause des Erstaunens über meine Interesselosigkeit: „Das kommt sehr selten bei uns vor".

Sie waren sich einig: ich war kerngesund. Jeder gab mir die Hand, als wäre meine Gesundheit ihr Werk, oder als könnten sie meine Ungläubigkeit nicht verstehen. Eine Schwester sagte und fragte deshalb: „Sie können sich wirklich freuen. Freuen Sie sich nicht darüber? Sie sollten sich wirklich freuen". Ich hörte das alles, als sprächen Menschen von einem anderen Stern mit mir. Ich dachte einen Augenblick an meinen kranken Mitpatienten und war froh, dass der nicht mit zuhören musste. Er war unterwegs zu einer Behandlung. Dann verabschiedeten sich alle. Ich spürte meinen Verband, er drückte stark und sollte eigentlich entfernt werden. Davon hatte ich aber nichts gesagt. Als alle draußen waren, überfiel mich ein unangenehmes Gefühl. Eine grausame Schwäche und Eiseskälte stieg in mir auf. Ich begann zu schwitzen, obwohl ich schrecklich fror, und hob die Bettdecke ein wenig an. Als ob ich mit Wasser übergossen würde, lief der Schweiß auf das Laken. Mich verließen die Kräfte so schnell, dass die Decke meinen Händen entglitt. Ich dachte daran, Hilfe herbeizurufen und langte mühsam nach dem Alarmknopf. Dann traute ich mich aber doch nicht zu drücken. Ich schämte mich, jetzt, nach der Visite, Alarm zu geben. Ich spürte, dass mir nur noch wenig Zeit blieb. Alles ging so schnell. Selbst die Kraft, um diesen kleinen Knopf zu drücken, schwand rasend schnell. Als ich wieder zu mir kam, stand mein Bett ganz schräge. Der Kopf hing tief nach unten, die Beine waren hoch oben. In meinem linken Arm steckte eine Nadel und aus einer Flasche tropfte es in eine Leitung und von dort lief es direkt in die Nadel. Alle Vier standen wieder um mich herum.

Der Arzt sagte: „Jetzt wissen wir, was sie haben. Ihr vegetatives Nervensystem wollte sich von Ihnen verabschieden".

Ich fühlte mich mit jeder Sekunde wohler und dem Leben näher. Ich fragte nicht, warum sie zurückgekommen waren. Ich glaube aber, dass ich doch noch auf den Knopf gedrückt hatte. Ich wollte wissen, was das ist: vegetatives Nervensystem und fragte. Alle überschütteten mich gleichzeitig mit Auskünften. Merken konnte ich mir davon nur, dass mein Hausarzt mit seinem ‚Herzeleid' wohl die Sache recht gut beschrieben hatte.

Ich sagte dann, als wäre es etwas Verbotenes: „Unter diesen Umständen würde ich gerne noch einen Tag länger hier bleiben. Zuhause bin ich allein, und wenn sich so ein Zwischenfall wiederholt, kann ich mir nicht helfen". Die Gesellschaft der Ärzte wurde dadurch sehr belustigt. Dass jemand freiwillig im Krankenhaus bleiben wollte, war neu und nicht normal. Das Bett wurde aber nicht gebraucht und man ließ mich machen, was ich vorhatte. Nachmittags wurde der Verband entfernt und ich genoss noch einmal einen Anflug des heiteren Gefühls.

Am nächsten Tag gelang der Abschied von den Menschen schnell. Im Gelände lief ich jedoch ziellos umher. Mit meinen Rucksack auf dem Buckel konnte ich die Welt nicht verstehen. Der Gedanke an mein Zuhause wollte sich nicht einstellen. Nach etwa einer Stunde nahm ich mir vor, einzukaufen, und zwar dort, wo ich immer einzukaufen pflegte, um dann in Selbstbetrug die eingeübten Pfade nach Hause zu finden und sie einfach zu benutzen. So kam ich, als wäre ich nur für einen Einkauf fortgewesen, wieder Zuhause an. Meine Herzschmerzen sind seit dem Tage geringer und mir nicht mehr so bewusst. In Wahrheit denke ich aber, dass ich ihnen nur nicht mehr die Beachtung schenke, wie früher.

16

Ich schrieb B. einen allerletzten Brief. Der entstand, weil ich in einer Beratungsstelle für Trennungsprobleme doch noch Hilfe suchen wollte.

B. war aber weder bereit mit mir gemeinsam dort hinzugehen, noch von sich aus einen Termin zu vereinbaren.

„Wenn ich mitkomme, "sagte sie am Telefon, „dann nur, um vor einer neutralen Person noch einmal deutlich zu sagen, dass ich nicht wieder mit dir zusammenleben möchte".

Sie war erregt und sagte gleich: „Wenn die mich auch nur ein einziges Mal auffordern, es mit dir wieder zu versuchen, steh' ich auf und gehe sofort hinaus".

Ich machte den Termin also nur für mich ab und wollte sie mit dem Brief einfach wissen lassen, was ich erfahren hatte.

Ich schrieb: „...und habe mit einer völlig fremden Frau gesprochen. Das hat etwa eine Stunde gedauert. Die Frau war vielleicht fünfundvierzig Jahre alt. Sie hat sich weniger für die Zusammenhänge interessiert, die anscheinend zur Trennung geführt haben, als vielmehr für das letzte dreiviertel Jahr. Sie fragte mich schließlich: ‚Ist Ihnen schon der Gedanke gekommen, dass Ihre Frau Rache nehmen will?'

Ich kann damit wenig anfangen, weil mir der Gedanke nicht gekommen ist. Ich schreibe es dir so auf, wie sie es gesagt hat.

Übrigens habe ich einen neuen Kanarienvogel. Der bemüht sich auch nach Kräften.

Ich liebe dich, ..."

Es wäre zu schrecklich, wenn ich auch noch ihren Hass ertragen müsste. Hoffentlich würde ich das nie erfahren.

17

B. auf einer Postkarte an mich: „...Rache? Ist mir fremd".
Mich packte die schreckliche Kälte dieses Satzes. Er ließ mich erahnen, wie sehr sie all die Jahre darunter gelitten haben mochte, ihrer Liebe zu wem auch immer, keinen körperlichen und gefühlswarmen Ausdruck gegeben zu haben. Nur ihr Hund war eine sichtbare Ausnahme. Den konnte sie in den Arm nehmen, den konnte sie streicheln, der kam ihr nahe, der war Ersatz für jeden Verlust und alle Sehnsucht. Er half ihr über allen Kummer hinweg. An ihm verschwendete sie ihre Gefühle in angstvoller Weise. In sein Fell konnte sie weinen. Wie liebeseingeschlossen und leidenschaftslos schien mir ihr Herz. Mit welchen Gedanken und über wie lange Zeit mochte sie, zum Tun fest entschlossen und doch völlig handlungsunfähig, ihre Lage und mich darin, vor Augen gehabt haben.

In meiner Wohnung habe ich ein großformatiges Bild begonnen. Der zukünftige Titel ist wie aus einem Traum:
„Polarfuchs auf der Jagd nach Schneeganseiern".

Im dritten Jahr nach der Trennung von B. wurden die Ehe geschieden. Es war mein Wunsch.

Weitere Veröffentlichungen von Harald Birgfeld im Verlag:
Books on Demand GmbH, 22848 Norderstedt und online.

Lyrik:
..and I said to myself, what a wonderful world,
36 Gedichte mit fantastischen Inhalten, 44 S.
Auf deiner Reise zum Rande im Rande des Randes der Sonne *187*
Gedichte: Im Innern der Sprache werden Kräfte freigesetzt. 184 S.
Die Insassinnen, *Epos, Lyrik, Außenlager KZ-Sasel, 136 S.*
Feuer, das zur Speise wird, *114 Gedichte aus meiner digitalen Welt, 68 S.*
Für dich..., *43 Liebesgedichte und 15 Augen-Blicke, 32 S.*
Gedichte, veröffentlicht in ausgewählten Anthologien, und Namenlos von
meiner Insel, 42 Briefe, *Lyrik, 108 Seiten,*
Honigweißer Duft, *14 fantastische Gedichte, 32 S. dabei 14 farbige Seiten.*
Liebestestament, *37 Gedichte Liebeslyrik, 44 S.*
Mund aus Glas am Rand aus Fleisch, *114 Gedichte,*
Schwarze Liebeslyrik, 120 S.
Sofortige Lähmung, *112 Gedichte aus dem Innersten, 72 S.*
Unter einem Mikroskop, *36 Gedichte für eine parallele Welt, 28 S.*
Von Haut zu Haut, *132 Gedichte: Was macht meine Liebe an dir und an mir mit*
mir und mit dir? Liebeslyrik. 48 S.
Wir gerieten in den Gürtel der Meteoriten, *10.000 Aufschläge, Band*
14: Aufschläge 6502 – 6999, ca. 500 Strophen aus einem Zyklus
von 10.000 Strophen. Lyrik. 224 Seiten
Wo die schwarzen Blätter wachsen, *129 erotische Gedichte? 76 S.*

Prosa:
Die Tätowierungen der jungen Tanja W. : *„Die Tätowierungen der jungen*
Tanja W." handelt von der Selbstsuche und Selbstfindung einer jungen
Frau, 132 S. Format A5
Fünf Veröffentlichungen/Five Publications (deutsch/englisch),
32 S. Format A5 (1 Band)
Theorie und Utopie der eigenen Zeit,
Theorie und Utopie der anderen Zeit.
Die Zeit der Gleichungen ist vorbei
Societ lyrics, was ist das?
Folienbilder-Entstehung
Kleine Fibel Arbeitsschutz *(für die praktische Arbeit) an:*
„Hochschulen", „Kindergärten", „Schulen" (3 Bände)

148

Lyrik:

Alsterwanderweggedichte, *41 zeitgenössische Gedichte, (illustriert)*
Bärbel und Harald, Epos, *Gedicht in 93 Teilen*
Die Frau des Terroristen, *53 Facettengedichte*
Die Insassinnen, Theaterstück, *Außenlager KZ Sasel, 3 Akte*
Die Zeit der Gummibärchen ist vorbei, *76 zeitgenössische Gedichte,*
(illustriert)
Gespräche dritter Art, *90 zeitgenössische Gedichte*
Gespräche zweiter Art in Art der Art, *89 zeitgenössische Gedichte*
Großes Liebestestament, *68 Liebesgedichte, 144 S.*
Im Reißverschluss der Illusion, *57 Facettengedichte*
Wir gerieten in den Gürtel der Meteoriten, *10.000 Aufschläge,*
23 Gedichtbände

Lyrik *von Harald Birgfeld erschien in mindestens 27 Anthologien*

Prosa:

Pina Bausch, *Nachruf*
Vom Sterben nach dem Tod
Warten auf die Anderen.
